（……挨拶、緊張する）

「そんなに心配なら一緒に行けばいいのに」

「来栖が自分でやるって言うなら、尊重するしかないだろ……」

「なんか今の律ってお父さんみたい。娘を見守るみたいな感じ」

鏑《かぶら》木《ぎ》律《りつ》
高校二年生。他人の心の声が聞こえる体質で、高校ではそれを活かし無難に立ち回る癖がついている。

雛《ひな》森《もり》さくら
生徒会役員を務める完璧美人だが、実は腹黒なことが鏑木にはバレている。
「鏑木さんって年頃の男性と違って落ち着いてて欲がないといいますか……枯れているんですよね」
「へぇ……あんな顔するんだ」
霧《きり》崎《さき》涼《すず》音《ね》
鏑木と中学からの仲で、裏表がなく面倒見がいい姉御肌。

（仲良く出来たら嬉しい……えへへ）
来《くる》栖《す》瑠《る》璃《り》菜《な》
無口で淡々とした態度から、クラスに馴染めないでいたが、律との特訓で徐々に打ち解けてきた。
「うぇぇ……勉強なんてぺっぺっだよ」
松《まつ》井《い》胡桃《くるみ》
友達想いで、いつも明るいクラスのムードメーカー。

「覚えてる？　話すようになった時のこと」

「覚えてるよ。勿論」

「あはは。よかった。懐かしいよね～ここ。

花火を見たのがずっと前に思えちゃう」

「ああ、そうだったな」

（……もう捨てたと思ってたのに。

こんな気持ち）

そんな心の声が聞こえてくる。

喋らない来栖さん、心の中はスキでいっぱい。2

紫ユウ

角川スニーカー文庫
23391

CONTENTS

design work：AFTERGLOW　illustration：ただのゆきこ

第一章 それぞれのプロローグ

◇◆今日も変わらず、いつも通りで◆◇

『友達になれた。ありがとう』

スマホの画面が光り、そんなメッセージが表示された。

その報告に顔が綻ぶのを感じる。

「よかったじゃん」

私が『おめでとー』と送ったら、すぐにスマホが振動して返信がきた。

……早いなぁ。びっくりするぐらい。

くすりと笑い、私はメッセージを見る。

瑠璃菜《るりな》からは、『後で話したい』ときていた。

「真面目で素直。ほんとにいい子だよね。純粋すぎて心配になるけどー……」

おそらくだけど、私にも律儀に友達の申し出をするつもりかな？

前に会った時に『最初は鏑木君《かぶらぎ》』って言っていたから。

友達になる順番なんて、私からしたら拘《こだわ》る必要はないと思うけど、彼女からしたら違うのかもしれない。

瑠璃菜を導いて、色々なことを教えてくれた相手からの卒業。

それは、律《りつ》と離れたいということではなく、『先生と教え子』から『対等な友人』になりたいという彼女の思い。

それが、瑠璃菜の望むことなんだろうね。

真面目で融通が利かないことには苦笑いだけど、その真《ま》っ直《す》ぐな気持ちは本当に眩《まぶ》しく思うよ。

「『いいよ。けど、改めて友達になりたいとか言う必要はないからね』と……これでいい？

あ、でも『もう友達だから』って付け加えた方がいいかな」

言葉足らずは、勘違いを助長させる。

特に瑠璃菜なんて、言葉のチョイスがモノの見事にズレてるし。

曲解させるようなことはなるべく回避しないとね。

「まぁそこが可愛《かわい》らしいんだけどね」

つい、手を貸してしまいたくなる可愛さ。

女の私からしても、彼女を知れば世話を焼きたくなってしまう。

律もそういうところに惹《ひ》かれたのかな……？

「さーて、二人を迎えに行こっか。新しいクラスだと緊張すると思うし」

私は二人がいるであろう保健室に向かう。

近くに来た時にちょうど保健室のドアが開き、中に見知った二人の顔が見えた。

無表情でタブレット画面を見せる女の子と、なんだか赤面した男の子の姿だ。

「へぇ……あんな顔するんだ」

口からぽつりとそんな言葉が漏れる。

見慣れたはずなのに、私は彼のあんな表情を知らなかった。

私の前で見せたことのない……彼の取り繕っていない本物の反応に、胸の奥がチクリと痛んだ。

でも、人に対する態度は使い分けるものよね、とすぐに自分を納得させた。

それ以上に驚いた事実があったから……。

「瑠璃菜は案外、図太い性格だったみたいだね。これも知らなかったな」

普通は恋人がいる人間に近づいて、関係を縮めるのは余程神経が図太くないとできない。

そう思うけど、瑠璃菜はあまり気にしていないみたい。
まぁ、どちらにせよ。私は彼女のようには出来ないかな。
隣にいて、私にとって居心地の良い時間を共有する。
それは、出会った時から変わらない。私にとってそれが最良だから。

——さて、いつも通り。
今日も変わらず、いつも通りで。
私は、二人と目が合うと手を振った。

◇◆初めての友達◆◇

——鏑木君と友達になった。
その事実が嬉《うれ》しくて、私の心は弾んでいる。
でも、もしかしたら夢なのかな？
そんな思いがあって、私は頬《ほお》を両方から引っ張り左右へ動かした。
手を放すとじわりと頬に痛みがはしり、現実であることを私に伝えてくる。

……よかった。夢じゃない。

私は嬉しくて、タブレットに【鏑木君は友達】と書いて本人に見せる。

すると彼は、恥ずかしそうに顔を逸《そ》らした。

あれ……嫌だったのかな？

反応を確かめようと、彼の顔をじーっと見つめることにした。

「嫌じゃないから、アピールしなくても大丈夫だよ」

【ほんと？　友達？】

「本当だ。まぁ俺がそういうのを言葉にするのは……。とりあえず、今は空気感で察してくれると嬉しいかな」

そう言って、「あちぃ」と手で顔を扇《あお》ぎ始めた。

ふふ。鏑木君の反応、なんだか可愛い……。

いつもは、私と違って大人びていて、それからしっかりしているのに……時折見せる少年のような表情は、ずっと見ていたくなるものがある。

見ていると、私の硬く動きにくい表情がどこか緩む気がする。

でも鏑木君は、まじまじと見られるのは嫌みたいで……あ。

また顔を逸らされちゃった……残念。

「来栖《くるす》。そうやって人の顔を凝視すると、引かれることがあるから気をつけておけよー。怖がられることもあるしな」

【わかった。ごめんなさい】

「怒っていないから謝らなくてもいいよ。ただ、伝えた方がいいと思ってね」

【ありがとう】

「いえいえ。まぁ俺は、来栖の性格を多少なりとも理解しているから誤解は生まれないけど。他の人に同じことをするのは気をつけた方がいいからさ」

【問題ない】

私がそう伝えると、「本当か？」と心配するような視線を向けてきた。

……鏑木君は優しい。

普段の行動から気にしてくれるなんて……うん。もっと頑張ろう。

色んなことを学んで、これからに生かせるように……。

私は彼に教わったようににこりと笑い、

【鏑木君だけをずっと見たい】

と書いて見せた。

「つ、伝え方が……まぁいいか。けどさ、俺だけを見ていても仕方ないだろ」

【飽きない】

「飽きると思うけどなぁ」

【ご飯、三杯はいける】

「唐突なボケをかますなよ。俺じゃなきゃ拾えないぞー。まぁとりあえず、見識を広げていこうな。周囲の人間だと、雛森《ひなもり》とかオススメだぞ」

【わかった】

たしかに……私はまだ圧倒的に経験が足りない。

他の人と過ごした時間も、学校で過ごした時間も空白だらけ……。

これは、時間が経《た》っても埋まることは決してない。

だからこそ、そんな残念な私を見捨てずに投げかけてくれる。

そんな鏑木君の一言一言が――本当に嬉しいの。

【これからも友達としてよろしくお願いします】

「……おう」

ぶっきら棒に返事をする彼を見て、私の口元が自然と緩んだ。

――今日は私にとって記念日。

生まれて初めてのめでたい日。

名付けて『初めての友達ができた。貴重な体験の日』かな……？

長いから〝初体験日〟と呼んでも変じゃないよね。

……うんうん。そうしよう。

「……なんで際どい言い回しが多いんだよ」

私があれこれ考えていると、鏑木君が呟《つぶや》いた。

……なんだろう？

言葉の意味が気になり、彼を見つめると顔をそむけてしまった。

肩を突《つ》いても振り返ってくれない。

でも、そんな彼の耳はほんのりと赤く染まっていた。

……そうだ。ちゃんと霧崎《きりさき》さんにお礼を言わないとね。

そして今度は霧崎さんとも……友達に。

私は『友達になれた。ありがとう』と連絡を入れた。

後で直接、お礼を言いたいな……それから謝って、改めてお願いを……。

霧崎さんには、『初めての友達は鏑木君』と言ったから。しっかり謝って、お礼も言って、お願いもして……やることがいっぱい。

でも、それが楽しくて嬉しくもある。

「じゃあ来栖そろそろ行こうか。時間になるしな」

私は時計を見て頷《うなず》いた。

もっと鏑木君と話したいけど、終わりだね。今から新しいクラスに行って、簡単な顔合わせ……それで今日の学校は終了。

【ドキドキ】

「ああ、確かにクラス替えって緊張するよな」

本当は新しいクラスって緊張する。少しずつ慣れてきたところで、また最初からだから。

そう考えると、お腹《なか》がギュッて締め付けられて痛くなりそう……。

だけど、凄《すご》く楽しみにもしているの。

だって、今回のクラス替えで私は〝鏑木君と同じクラス〟だから。

本当は教室に行くまでは分からない。

個々で紙が配られ、書かれた教室に行き、黒板に貼られた座席表を目で見て、初めて誰と同じクラスかが分かる。

学校に着くまでは、誰と一緒かなってドキドキして、朝から落ち着かなかった。

けど、今日は早く学校に行ったら望月《もちづき》先生がいて、こっそり教えてくれたの。

……ふふっ。

私と同じクラスって知ったら、鏑木君は驚くかな……？

【実は鏑木君と同じクラスでした‼】とタブレットで見せて、『じゃじゃーん』と効果音を鳴らす。

簡単なサプライズだけど、保健室を出る前にやってみよう……うん。さっそく。

私が心の中でそう考えていると、鏑木君が何故《なぜ》か頭を抱えていた。

よし……新しいクラスでも頑張る。

気合いを入れて……えいえいおー。

◇◆変わらない日常◆◇

『あんたと一緒に教室行くよりは、私と行った方が誤解を生まなくていいと思うけどー？』

保健室を出たところ、タイミングを見計らったように現れた霧崎にそんなことを言われ、来栖を連れて行かれてしまった。

「とりあえず、五分ぐらい後なら十分だよな？　朝からなんか色々と疲れた……」

取り残された俺は窓から校門にある大きな桜を眺めて、ため息をついた。

額に手を当て、指で軽く叩《たた》く。そして、再び口からはぁと息が漏れ出てしまった。

こんな態度になっても仕方がない。

目まぐるしく起きた変化に、俺の頭はついてゆくのがやっとだった。

来栖に友達宣言され、同じクラスと判明するサプライズに驚くフリをして、さらに不機嫌そうな霧崎の登場。

霧崎って心の声が聞こえて来ないから、登場するとドキッとしてしまう。

分かりやすく心で主張する性格をしててくれれば、気が付けるんだが……。

あいつにはそれがないんだよなぁ～。

だからこそ、一緒にいて声が二重に聞こえてくることにならないから気楽だけど……。

それは同時に、気持ちの発散をしていないから出さないだけで、ため込んでいたりする。

そういうのが分かるから彼女に感じる心地よさと同時に、俺の心には一抹の寂しさが残った。

そんな感傷に浸っていると、急に廊下に風が吹いた気がした。

(さぁ～て、今日もビシッと決めていきますよ！　角度よし、風よし、向きよし……ふっふっふ！　絶好のシチュエーションですねっ！)

背後から聞こえた大きな声に俺は、心の中でため息をついた。

今日も相変わらず絶好調のようで、心の声が大きすぎるから全て聞こえてきている。

……主張が強いっつうのも考えものだよなぁ。

まぁ俺はいつも通り、聞こえてないフリをして流すだけだけど。

「鏑木さん。桜が綺麗《きれい》で見惚《みと》れているのですか？（当然、桜より私の方が綺麗なので見惚れるべきですけどね？）」

俺に心の声を聞かれているなんて知りもしない雛森は、惹《ひ》きつけるような綺麗な声で背後から話しかけてくる。

今、気が付いたようにして振り向くと、魅力的に微笑《ほほえ》む彼女が立っていた。

「まぁそんな感じ」

「ふふっ。そうでしたか（反応うすっ⁉　流石《さすが》にその反応は酷《ひど》いと思うんですけどっ！）」

内心で文句を言いながらも、態度にも演出にも表れない。

窓から差し込む光が彼女を幻想的に照らし、僅かに開いた窓の隙間から吹く風は、彼女の長い髪を揺らしている。

俺がじっと見つめると、『よしっ！　やっと私の魅力にかかりましたねっ‼　これは確変ですよ〜』という心の声とともに眩《まぶ》しそうに目を細めて、なびいた髪を小指で耳にかけた。

……すげぇ。毎回のことながら、見惚れてしまうような演出には感嘆の声が出そうになる。

ある意味、プロだよ。

女優になれば一時代を築けるんじゃないか？

こうすれば異性に受けがいい。それがわかっていないと出来ないし、俺みたいな奴《やつ》じゃなければ、この一連の流れや光景も自然のことだと思ってしまうだろう。

まさか雛森がこの日のために下調べをしたり、入念に準備して演出しているなんて誰も思わない。

そんな涙ぐましい努力が分かってしまうから、俺もある意味茶番となっている彼女とのやりとりと付き合わずにはいられないのだろう。

まぁ、それでも恋に落ちることなんて事態にはならないんだけど。

「それで雛森はいつまで続けるんだ？」

「むっ。唐突ですね……。けど、その問いは愚問ですよ」

「そうなのか？」

「勿論《もちろん》。ずっと続けますからね。鏑木さんのお陰で私もレベルアップしていますし」

「失敗は成功の基ってことか」

「そういうことです。なので、これからも徹底的に見せつけていきますからね？」

「ほどほどに頑張ってくれ」

「はい！（さぁさぁ。そうやって油断してください。私が何も考えなしに日々を過ごしているなんて思ってくれていれば……僥倖《ぎょうこう》です。余裕ぶっていられるのも今のうちですよ？この私の登場が当たり前になったタイミングで急にやらないようにします。習慣化された私とのやり取りが急になくなり、寂しさと気持ちの変化が訪れることでしょう。人は、喪失した時に入る心のダメージは大きいですからね。すると、どうでしょう⁇　鏑木さんは、自然に私を目で追うようになるに違いありません。『嫌われたのかな？』、『どうしたのかな？』という疑心暗鬼の種が大きく芽吹き、それが恋心に発展となるんですよ。そこからが攻め時です。ふっふっふ……我ながら恐ろしいことを考えてしまいました。この計画が成就するのが楽しみでしょうがないですね〜ぐへへへ）」

「…………」

耐えろ、俺の表情筋……。

顔に出したら負けだ。あくまで何も聞いていない。何も知らない風を突き通さないと。

ってか、心の中だけど『ぐへへへ』なんて笑い方をする奴、本当にいたんだな。

めっちゃ早口で、あれこれ語り過ぎだろ……。

まぁ相も変わらずな態度で、なんだかほっとするけど。

俺は心の中で苦笑し、雛森から視線を外へ移した。

「あれ？　そういえば涼音《すずね》ちゃんがいませんけど……また職員室ですか？」

「またって。確かに俺と霧崎はよく先生から頼まれ事をされるから、職員室に行くことは結構あるけど、今回は違うよ。単純に俺とは別行動だ」

「別行動……そうですか（鏑木さんは何か隠している雰囲気が……まさか……っ！　涼音ちゃんが何か非行に走って見つかったみたいなことはないですよね⁉　煙草《たばこ》とかお酒とか……はっ⁉　それなら友人として彼女を止めないと‼）」

雛森が決意したように胸の前で拳を握った。

友人思いなのはいいことだけど、盛大に勘違いしている。

霧崎は非行に走るとか、学生の身でやってはいけないことをやるようなタイプじゃない。

「雛森の心配は杞憂《きゆう》だと思うぞ」

「私が言うのも変な話ですが、そうなんですか？」

「そうそう。霧崎は自分に不利益なことはしないって。どちらかというと、そういった人に冷ややかな視線を向ける方じゃないかな」

「それならいいですけど……（信じ切った目をしていますね。無駄にさわやかな笑顔ですし、腹が立ちます）」

不服そうな顔を隠しもせずに向けてくる。

周りには見せないどこか子供っぽい態度に、俺は肩をすくめた。

「不満？」

「別にー。ただなんかお互いに信頼してる感じがして……ウラヤマシイデスネー」

「すげぇ棒読み。中学からの腐れ縁だから分かることが多いんだよ」

「へ、へー（なんかズルいです!!　私を差し置いて二人の空間じゃないですか〜！　はっ　まさか！　鏑木さんを惚《ほ》れさせるのに一番の障害は涼音ちゃんってことなんですか!?!?　実は年上の彼女はブラフで、涼音ちゃんと付き合っているという線も出てきて……あ、それで私の反応を楽しむという悪趣味に目覚めているのでは……？　こうしてはいられません。直《す》ぐに確かめて尻尾を摑《つか》まないと……これでは勝てませんよ〜）」

どういう思考回路をしたらそうなるんだよ。

負けず嫌いを拗《こじ》らせると大変だな……。

俺がため息をついて雛森の顔を見ると、彼女は何かを決心したような表情をした。

（決めました。ここは鏑木さんと恋バナをして、ボロを出させましょう……）

思考からは相変わらず企《たくら》みがダダ漏れである。

「そうだ鏑木さん。恋バナしましょうよ」

「嫌だけど」

俺が間髪を入れず返答すると、彼女は俺の目を真《ま》っ直《す》ぐ見ながら、まばたきひとつせずに睨《にら》んできた。

それから、ぷくっと口を膨らませるので俺はその頰《ほお》を突《つつ》いてみせる。空気が抜け、ぷすっと小さな音が漏れ出て、彼女の顔を真っ赤に染める結果となった。

「たまに悪戯《いたずら》をしてきますよね（嫌ではないですけど……笑われると負けた気がします）」

「普通、目の前で膨れたほっぺたがあればやるだろ？」

「海があるから泳ぐ的な感じで言わないでくださいよ。それよりも恋バナさせてください」

「そんな話したいことがあるか？　女子同士の方が盛り上がると思うぞ。ほら、きゃぴきゃぴしてこい」

「たしかに女子同士でも話はしますけど。男性目線の話とか、出来れば彼女の話とか、付き合った経緯とか、好きなところとか……色々聞きたいんですよね～」

「ほとんど彼女についてじゃないか。てか、恋愛なんて千差万別で、人によって考えは違うだろ？　俺だけに聞いても意見が偏って意味がないと思うよ」

「そうですか⁇　でも鏑木さんって年頃の男性とは違っていて、落ち着いているように思えるんですよ」

「落ち着いている、か」

「まぁ何と言いますか。欲がない……あー枯れているんですね～」

「普通に悪口だろ、それ」

「それに私って純情可憐《じゅんじょうかれん》で品行方正で純真無垢《じゅんしんむく》で……控えめに言っても神じゃないですか。なので、そのイメージを壊さないためにも、男性ですと鏑木さんにしかこういう話ってできないんですよ」

「……自分で言うなよ。つーか、控えめに言えてもないし」

「事実なので」

「へいへいー。それは凄《すご》いっすね」

「ほんと、私の扱いが雑ですねー。私じゃなかったら泣いちゃいますよ……？」

上目遣いで潤んだ瞳。

だけど、涙は決して流れてこない。

「いつも通り、絶好調だなぁ」

俺の言葉に雛森は「それほどでも……てへっ」と照れたような仕草をする。

あざとすぎる態度に苦笑するしかなかった。

「そういえば鏑木さん。また同じクラスですね」

「そっか。まぁ今年度もよろしく」

「こちらこそです。今年度こそは絶対に勝ちますからね？　覚悟しといてください」

「どんな覚悟だよ……」

ため息混じりに呟《つぶや》くと、雛森は微笑みながら手を差し出してきた。

勝負前の挨拶。そう言いたいのだろう。

俺はそんな彼女の手を握ることなく、チョキの形にして手を出した。

「とりあえず俺の一勝目ということで」

「ちょ、ちょっと鏑木さん⁉⁉　急にじゃんけんって……それはズルいですっ‼」

「ほら行くぞー」

「あ、待ってください！　またさらっと流してぇ〜。話はまだ終わってないんですからねっ」

先を歩く俺の背中を雛森が何度も叩《たた》く。

心の中で『悔しいです〜』と叫ぶ彼女に、俺は思わず笑ってしまった。

いつも通りで変わらない日常。

二年生でも変わらず賑《にぎ》やかになりそうだ。

第二章

喋らない彼女の新しいクラス

◇◆来栖《くるす》の挨拶まわり◆◇

目の前で繰り広げられる光景に、俺は落ち着かない。

ハラハラして、今にでも立ち上がって動きたい気分だ。

そうしないと、経験したことのない未知の感覚や感情に潰されて、胃酸が喉まで上がってきそうである。

ただ、俺には何も出来ない。

ひそかに様子を見守って、心の中で応援するだけだ。

それが歯痒《はがゆ》くて、焦燥感を掻《か》き立ててくる。

そう——来栖の挨拶まわりを見てそういう気持ちに襲われていた。

時間は放課後。

クラスの顔合わせが終わり解散となったわけだが、真面目な来栖は新しいクラスメイト一人一人に挨拶をしに行っていた。

男女問わず、残っている人全員に対してである。

【初めまして来栖瑠璃菜《るりな》です。よろしくお願いします（……挨拶、緊張する）】

テンプレートをタブレットに表示させて、ペコリと頭を下げる。

そして、ぎこちないながらも笑顔を作っていた。

ただ、初対面でだと怪訝《けげん》な顔をされることも適当な対応をされることもある。

だけど、来栖はめげることなく挨拶を繰り返していた。

……ほんと真面目だよな。

自分から話しかけに行くなんて、行動力あるって感心するよ。

俺がそんな彼女を見守っていると、近づいてきた霧崎《きりさき》が声をかけてきた。

「そんなに心配なら一緒に行けばいいのに」

「来栖が自分でやるって言うなら、尊重するしかないだろ……」

「なんか今の律《りつ》ってお父さんみたい。娘を見守るみたいな感じ」

「言っとけ……とりあえず様子を見とくだけで、俺は何もしないよ」

「――と言いつつ、瑠璃菜が困ったら直ぐに動くくせに」

「バーカ。そんなわけないだろ。流石《さすが》にそれは過保護だって」

「ふーん……」

たとえ来栖がミスっても、それは今後に生かすしかない。

たとえ失敗したとしても、励ますことぐらいでそれ以上はしないつもりだ。

そう、本当に……心ではそう決めた。

そんな俺の態度に納得がいかないのだろう。

霧崎は俺の前の席に座ると頬杖《ほおづえ》をついて、こちらをじーっと見つめてくる。

俺と目が合うと、ニヤリと意地の悪い笑みを浮かべた。

「ねぇ律」

「何？」

「何もしないという割には、足がそわそわしている気がするけど？」

「……気のせいだろ」

「ふーん。何度も瑠璃菜を見て、タイミングを窺《うかが》っているように見えるのも……気のせいなんだ？」

「別に……ってか、何で笑ってるんだよ」

「アハハ！　律って案外カワイイところあるなーって」

「男には嬉《うれ》しくない褒め言葉」

「どうせ、困ったら直ぐに動くヒーロー病なんだから、変な意地を張らないのー」

霧崎の言い分を聞いて、俺は不機嫌そうに鼻を鳴らした。

そんな俺の頭を霧崎は撫《な》でてきて、「よしよし～」とからかってくる。

彼女の指摘はごもっともで、俺は確かに来栖を心配していた。

頑張り屋ではあっても、失敗が続けば傷つかないわけはないし、好意的に見える人がすぐに手のひらを返すこともある。

昨日まで仲良く見えたのに、次の日には態度が変わっているなんてことは全然あり得ることだ。

俺みたいに心の声が聞こえれば原因も分かるし、そもそも接する段階から察知することが容易だけど……。

来栖はそんなことを出来ないから、きっとかなり悩むことになるだろう。

〝悩み続けるのも勉強。失敗は人を強くする〟なんていう言葉は聞こえがいいかもしれないけど、辛《つら》いことには違いない。だからこそ、関わった者として、彼女が信頼できる相手がもっと見つかるまで見守りたいと思う。

そんなことを考えながら来栖の行動を見ていると、とうとう腹黒代表に近寄って行く番となった。

肩をトントンと叩き、振り向いた彼女に来栖はぺこりと頭を下げる。

【来栖瑠璃菜です。よろしくお願いします】

「初めまして来栖さん。私は雛森《ひなもり》さくらです。ご丁寧にありがとうございます」

わざわざ席を立ち、来栖に向かって丁寧に腰を折って挨拶をした。

柔らかい口調に丁寧な所作。指の先にまで気を遣っていそうな物腰に、来栖は内心で『綺麗《きれい》……素敵』と呟き、憧れるような視線を向けている。

「ふふ。そんな見られると恥ずかしいですよ？」

顔をほんのりと赤く染めた雛森は、魅力的な表情で微笑《ほほえ》みかける。

すると丁度、窓から吹き込んだ風が彼女の髪を揺らして清楚《せいそ》な雰囲気を強く演出しているようになった。

見惚《みと》れる人が多数。確かに今の雛森は神々しく見えるから、視線が誘導されてしまうのも仕方ない。

……まぁ、当然ながら全て自作自演の演出なんだけど。

俺は一連の流れにため息をつく。

霧崎も同様なのか『またやってるね』と言いたげに呆《あき》れていた。

まさか、窓を事前に開けて計算していたとか、挨拶に来るまでうずうずして待ちきれない様子だったとか……来栖は考えもしない。

雛森が『あ〜この視線……最高です!! ビクトリーです!! イェーイ大勝利〜!』と、内心でテンション高く喜んでいるなんて知ったら驚くだろうなぁ。

俺からしたら頭が痛くなるような心の声だけど、ここまでくると最早《もはや》すがすがしい。

「来栖さん。何か困ったことがありましたら、遠慮なく頼ってくださいね？」

【いいの？（たしか……雛森さんは生徒会で忙しいのに）】

「はい！ せっかく学友となるわけですし、力になりたいんです。私にできることは……些細《ささい》なことですけどね？」

【ありがとう（優しくて綺麗は最強……。私も雛森さんみたいな人を目指さないと……）】

頼れる人間アピールは続き、雛森の思惑通りに来栖が誘導されている。

これで騙《だま》すだけだったら止めに入るけど、雛森の偉いところは期待されたら期待されるだけの行動を貫くことだ。

完璧な自分を演じるためなら努力を惜しまない。

そんな姿勢があるから、嫌だとは思わないんだろうな。来栖と雛森の組み合わせも悪いことにはならないだろうしね。

ただ、問題があるとしたら来栖が〝純粋すぎる〟ってことぐらいだろう。

それを知らないと、大きなダメージを受けることになるけど……。

雛森は、その辺は考えているんだろうか？

そんなことを思いながら、俺は二人のやり取りを見守った。

「来栖さん？　えっと、まだそんなにじっくり見て……何か顔についていますか？」

【綺麗（……例えるならお姫様？　うーん。もっと違う気が……）】

「ふふっ。ありがとうございます。けど、お世辞はいりませんよ？」

【神様みたい（この表現が正しいと思う。お世辞じゃなくて素直な意見。落ち着いていて、みんなが憧れそう……勿論《もちろん》、私も）】

キラキラとした無垢《むく》な視線を浴びて、雛森はいつも以上に笑顔となっていった。

（はぁぁ……何でしょうこの気持ち。あれです。懐き始めの小動物が寄ってくるような……凄《すご》くいいです。よし、決めましたよ）

雛森は胸に手を当て、来栖に微笑んだ。

そして調子に乗った雛森は、

「そうです。来栖さんのご明察通り……私は神様です」

という悪ふざけを始めた。

来栖はパチパチと拍手をして、なんだか嬉しそうにしている。

俺は席を立ち、雛森に「おい、こら。変な嘘《うそ》を教え込むなよ」と耳打ちすると彼女はすました顔でくすりと笑った。

「大丈夫ですよ。これはリップサービスみたいなもので、茶目《ちゃめ》っ気《け》のある冗談だとしか思われないですから」

「いや、そうは言うけど……マジで変なこと言わない方がいい」

「あれあれ？　もしかして、鏑木《かぶらぎ》さんちょっと羨ましいとか思っています？（鏑木さんの慌てっぷり……来栖さんと上手《うま》く話しているのが羨ましいんですねっ！　ふっふっふ〜！でもこれは私の成果ですから、おいそれとは渡しませんよ。あ〜鏑木さんが焦る姿でご飯が何杯もいけます！　さくらの大勝利〜〜！）」

「…………どうなっても知らないからな？」

「ふふっ。ご安心ください。経験上、どうもなりませんよ」

（……内緒の話。鏑木君と楽しそうで羨ましい。私も、後で話がしたい……誘って大丈夫？）

俺はため息をつき、自分の席に戻ることにした。

まぁ、雛森と来栖の直接的な接点はなかったから、知らなくても無理はない。

頭が固くて、純粋で、信じ込みやすい人間の恐怖というものを……。

【雛森さんはいつから神様？　何が出来るの？（……神様のことが気になる。何かの例えで言ったのかな？　それとも別のこと？）】

「いつからと言いますと………鏑木さんに色々なことを教えたのは、何を隠そう私です」

【凄い（じゃあ……鏑木君の先生ってことなのかな。あ、つまりは私の師匠？　たくさん学ばないと……しっかり見よう）】

「だから、色々と聞いて問題ないですよ。私は全知全能ですから」

【尊敬。教えて欲しい】

「ふふっ。任せてください（……意外とノリがいい子ですね。この視線を演技で出せるとは中々です。ま、私ほどではありませんが）」

適当にノリだけで話した雛森に対して来栖は、自分の鞄《かばん》からノートを取り出して尊敬の眼差《まなざ》しを向けた。

それから、今か今かと雛森の言葉を待っている。

（……どんなことを教えてもらえるかな。凄く楽しみ）

期待値が高まりまくった来栖は、相変わらずバグった距離感で雛森に詰め寄っている。

悪意は全くないのだが……それが分からない雛森の表情は、少しずつ引きつったものになり始めていた。

「えーっと、来栖さん？」

【準備万端（絶対に聞き逃さない）】

「凄く真剣な目……あのー、そろそろツッコミをしていただいてもいいですよ？」

（……ツッコミってそんなことあったのかな？）

来栖は首を傾《かし》げ、不思議そうな顔をした。

心の中でもそうだが、本当に疑問を感じていない。

雛森としては悪ふざけをしていただけなのだが、来栖の態度でようやく事態の収拾がつきそうになくなっていることに気が付いたようだ。

口角が何度かピクリと動き、どこか堪《こら》えているようになっている。

（この気持ちはなんでしょう。純粋な人を騙してしまった背徳感……まるで無垢な赤子を汚しているような……）

【大丈夫？】

「も、問題ないですよ（ざ、罪悪感が……普段、演じていますから、本当の心配が染みる

ほど分かってしまいますぅ〜……。私としたことが見誤りました……）」

【神様。元気出して（体調が悪いのかな。どうしよう、心配……）】

「元気ではあるんですけど……。色々気づいてしまって潰されそうな……（やめて！　そんな純粋な目で見ないでください〜！）」

【ホットミルクティー買ってくる（……神様は疲れているかも。こういう時は温かい飲み物。気持ちも落ち着く）】

「あ、いや。いりませんから！　って……もう行ってしまいましたね。動きが速すぎますよ……どうしましょう」

伸ばした手が空を切り、雛森は額に手を当てると疲れたような表情をした。

大きなため息をつき、肩を落とす。

そんな彼女に俺は近づいて肩に手を置いた。

「なぁ雛森。何か言うことある？」

「純粋さは時に凶器になるんですね。知りませんでしたよ……ハハハ。あー、心が痛いです（私はなんて浅ましい人間なのでしょう。自分の心の醜さに死にたくなります）」

「だから言ったじゃないか。疑うってことを知らないから、信じ込みやすいんだよ。軽口や冗談は通用しないことが多い」

「そうなんですね……。これからは言動に気を付けて接しようと思います。このままでは騙したみたいなので、純粋な気持ちに浄化されて死んでしまいそうですよ……」

「次回、雛森死す」

「勝手に殺さないでくれませんか⁉」

「ちなみに来栖は頭固いから、一度信じ込むと大変かもな？」

「え、流石《さすが》にそれは（なんで遠い目を……？）」

「…………」

「無言で悟ったような顔をしないでくれませんか⁉　それになんですかその手は！」

「グッドラック。まぁ、諦めも肝心ってことで」

俺の態度に雛森は何かを悟ったのだろう。

腕を掴《つか》み、演技ではない縋《すが》るような目で見つめてきた。

「ちょっとは助けようとしてくれませんか……？」

「身から出た錆《さび》って知っているか？」

「うう、あんまりです～‼」

雛森は俺の肩を揺らして訴えてくる。

するとタイミングよく来栖が戻ってきて、ミルクティーを差し出した。

【お納めください神様（……元気になって）】

「あ、はい（……どうしましょう）」

この後、雛森は来栖に頑張って説明したわけだが……。

今度は演技力の凄さに感動されて、また尊敬の眼差しを向けられることになった。

まぁでも、この日がキッカケで雛森とはよく話すようになったそうなので、俺としては最高の結果である。

◇◆テスト返却にて◆◇

「鏑木さん。テストなんかで評価する時代は終わったと思うんです」

──休み時間。雛森がテスト結果を握りしめて、悟ったような口調で話しかけてきた。

数学の点数だけは見えないように点数部分だけを綺麗《きれい》に折っているが、自信のある英語、国語は見えるように持っている。

雛森はいつも通りの落ち着いた態度で接してくるけど、内心では『やばいですよ。これは怒られてしまいます〜!!』とビビりまくっていた。

──四月の最初にあった実力テスト。

ウチの学校ではクラス替えのタイミングで、一年次の成果を見るためのテストが行われていた。

その結果が返ってきたことで、クラスは阿鼻叫喚《あびきょうかん》といった様子になっているわけである。

このクラスで涼しい顔をしているのは、俺と霧崎、それから表情の変化が乏しい来栖ぐらいだ。

「テストがなくなると、客観的な評価が難しいからなくなりはしないと思うぞ」

「時代は人物重視ですよ？」

「人物重視だと演技力勝負になると思うが……。まぁ、その場合は雛森の独壇場だな」

「ふふっ。そんなことはないですよ（私みたいな人は、どこでもやっていけますからね。媚《こ》びを売りまくって、成り上がるなんてこともありかもしれません……あれ？　本当にアリな気がしてきました）」

雛森は謙遜するようなことを口にしながらも、内心が態度に表れているのか、自慢気に胸を張って自分の長い髪をさらっと撫《な》でた。

少しぐらい隠す努力をすればいいのに、俺の前では綻びが出まくっているな。

まぁ、指摘はしないけど。

俺は苦笑し、彼女の手に握られているテストを指さした。

「それで、悲惨な数学は何点だった？」

「聞き捨てなりませんね。私の数学がどうしてそこまで悪いと言い切れるんですか？（まぁ確かに悪いんですけどねっ！）」

「雛森って数学苦手だろ？」

「もしかしたら克服をしているかもしれませんよ？　あらあら、根拠もなく口にしたんですか⁇」

「……今回のテストは全範囲だったから厳しいかなって。定期試験なら暗記力のある雛森は、暗記でどうにか対応できるかもしれないけど、応用力が試されると厳しいからな。それに出題された問題も、今まで雛森が苦労していたところが多かったからね。そう思っただけだよ」

「…………へ、へぇ（ど、どうしてそんなに詳しいんですか⁉　でも……そこまで見てくれるのは嬉《うれ》しいかも………って、ダメですよ、さくら‼　恋に落とすことはあっても、落とされてはいけません〜っ！）」

雛森は大きな目をぱちくりとさせて、自分の頰《ほお》を引っ張る。

にやけそうな顔を堪えた結果、変顔みたいになっていた。

……この顔は人には見せられないな。清楚《せいそ》感ゼロじゃん。

俺の視線に気が付いた雛森は大きく深呼吸すると、すぐにいつも通りの表情に戻って余裕のある笑みを浮かべてみせた。

「流石は鏑木さん。洞察力が優れていて見事としか言いようがありません。概《おおむ》ね、おっしゃる通りですよ（あ、危なかったですね……。でも、なんとか耐えきりましたよ!!）」

ギリギリじゃないか。

そんなツッコミを入れたくなったが、俺は言わずに飲み込んだ。

「雛森にしてはすぐに認めたな」

「ふふっ。事実は素直に認めますよ。間違いやミス、弱さを認めることは成長に繋《つな》がりますからね（その方が、ウケがよくて好まれますからね）」

「俺に弱みを見せていいのかー？」

「いいんですよ。鏑木さんの前でしか言いませんから（『あなたの前でだけは特別な自分を見せています』という作戦で形勢逆転を……）」

「他の人の前でもできると、もっといいのにな」

「あ……はい。ソウデスネー」

大きなため息をついて、雛森はがくっと肩を落とす。

それから、助けを求めるように霧崎の方に近寄って行った。

「涼音《すずね》ちゃん助けてくださぃ〜。鏑木さんがいたいけな女子をイジメてきます〜」

席に座り我関せずを貫いていた霧崎を引っ張って連れてくる。

彼女は、面倒くさそうにため息をついた。

「……私を巻き込まないで欲しいんだけど」

「さぁ涼音ちゃん。鏑木さんと勝負ですよ」

「勝負ってテスト？」

「そうです！」

「無理」

「即答⁉　諦めないでくださぃよ〜」

「私が律に敵《かな》うわけがないでしょー。今日は眠いから寝かせてよ」

「そういえば、霧崎はテスト結果どうだったんだ？」

「…………」

霧崎は無言になり、それからやれやれといった様子で肩をすくめた。

「まぁいつも通り。それなりにって感じ」

「一位の鏑木さんが強すぎますよねー。私は憎き数学のせいで無理ですけど、二位の涼音ちゃんなら、鏑木さんを負かすことは出来ますよっ！」

「善処するってことにしといて」

霧崎はそう口にして、自分の席に戻ろうとする。

その背中を雛森が「それはやらない言い訳ですからね⁉」と言って、追いかけていった。

「……急に静かになったなぁ」

残された俺はつかの間の休息にふぅと息を吐いた。

休み時間もあと少しで終わるのに、クラス全体の賑《にぎ》やかさは終わりそうにない。

そんなことを考えながら、クラスメイトをぼーっと眺める。

その途中で来栖と目が合った気がしたが、彼女はすぐに目を逸《そ》らしてスマホに視線を落としてしまった。

……もしかして、こっちを見ていたか？

そう思い彼女の様子を窺《うかが》っていると、スマホが振動して画面には彼女からのメッセージが表示されていた。

『放課後。大丈夫？』

俺は自分の予定を確認してから、『先生の手伝いの後なら大丈夫だよ』と返事をすると秒で『ありがとう』と返ってきた。

相変わらずの返信の速さには、思わず笑ってしまう。

（……久しぶりに鏑木君と放課後。えへへ……）

騒がしい教室の中だけど、来栖の透き通るような綺麗な声はしっかりと届いていた。

◇◇◇

放課後。

俺はいつも通りの手伝いをしてから教室に向かって歩いている。

教室に着くと来栖は窓から校庭を眺めていて、差し込んだあかね色の光が彼女を照らし、どこか見惚《みと》れてしまう一枚の絵みたいな光景になっていた。

……こうしていると本当に綺麗だよな。

ずっと見ていたいような衝動に駆られるが、それをぐっと抑えて俺は彼女に話しかけた。

「ごめん来栖。お待たせ」

（あ……鏑木君が来てくれた）

来栖は俺に気が付くと、嬉しそうにすぐ近寄ってきて、鞄《かばん》から取り出したクリアファイルを差し出してきた。

俺は首を傾《かし》げ、そのまま受け取る。

「これは？」

【見て欲しい（……緊張する。テスト結果報告）】

「ああ、なるほど。じゃあ見てみるね」

親に報告する子供みたいな態度に笑ってしまいそうになるが、俺はぐっと堪《こら》えてテスト結果に目を通す。

テストは綺麗に折られて収納されており、ファイルの右上には【四月実力テスト】と書かれていて彼女の几帳面《きちょうめん》さが出ていた。

後で確認できるようにしているし、科目も分かるようにしている。

いやぁ、本当に真面目だよなぁ。

そしてテスト結果にも、その真面目さが表れていた。

「全部九十点台って、めっちゃいいね！　凄《すご》いじゃん！」

俺がそう言って喜ぶと、来栖の頬が薄《うっす》らと赤く染まった。

だけど、態度に出すことはなく表情はいつも通りである。

「この点数なら順位も良かったんじゃないか？」

【クラスで二位】

「やっぱり来栖は頑張り屋だなぁ。試験範囲的に厳しめなのによく頑張ったよ」

【コツコツやりました（……鏑木君に褒められて嬉しい。頑張ってよかった）】

来栖はにこりと笑い、嬉しそうにした。

彼女の嬉しそうな顔を見ると、俺自身も嬉しいような気がしてくる。

努力が報われる瞬間は、いつ見てもいいよな。

「でも来栖。この時間まで待つのは大変じゃなかったか？　この点数なら放課後じゃなくても、休み時間に見せてくれてもって思うけど」

【タイミングが難しい（……鏑木君の周りにはいつも人がいるから。それにテストをみんなに見せびらかすのは違う気がするの……）】

「俺の周りは、気にしないと思うけどなぁ」

寧《むし》ろ、来栖のテスト結果を見たら、周りから認められたりするとは思うんだけど。

友達を増やしたいなら、勉強ができるという側面を利用するという方法もあるし。

俺のそんな疑問を察したのか、来栖はタブレットに文字を書き、画面を見せてきた。

【まずは、友達にだけ見せたかった（……鏑木君と霧崎さんには見て欲しかった。頑張ったけど、自慢はしたくない）】

「……そっか。なるほど……気遣いありがとな」

来栖は首を振り、【大丈夫】と書いて見せてきた。

だけど、その表情は少しだけ寂しそうである。

来栖は周りに気を遣うよな。ズレていることも多いけど、そういう気遣いができるのは素直に凄いと思うよ。

本当は頑張った結果を見てもらいたい気持ちなんだろうけど……。

まだそこまで仲良くなっていない人に高得点を見せられても、『自慢ですか、はいはい』みたいに反感を買うこともあるもんな……。

気を遣うからこそ、そういうのを心配して、友達である俺と霧崎にだけ見せようと思ったんだろう。

嫉妬や妬みという感情は厄介で、心の声が聞こえる俺からすればそれが痛いほど分かってしまう。

——そんなことを気にする必要はない。自分は自分だ。

って……生きていれば当たり前の感情だから仕方ないと割り切れればいいけど、来栖はそんなに器用な人間じゃない。

だから、まずは俺だけでも彼女をしっかりと認めて、それから励ましていかないとな。

「よしっ来栖！　せっかくここまで頑張ったんだから、何か奢《おご》ってあげるよ」

【いいの？】

「おう！　ジュースでもアイスでもなんでもいいぞ。今なら一個三百円のアイスでも可だ！」

【食べ物限定？】

「食べ物じゃなくてもいいよ。俺にできる範囲ならね。あ、でも無茶振《むちゃぶ》りはやめてくれよ？　一発芸とかは持ち合わせてはいないから。だけど、来栖が〝これだ〟というものを言ってくれ」

来栖は頷《うなず》き、それから見つめ合う形で沈黙が訪れる。

教室は静かだけど、彼女の考える心の声だけが響いていた。

色々と希望はあるのだろう。

あれこれと考えている。

【大丈夫（……本当は鏑木君に……「頑張ったね」と褒めて欲しいけど言えない）】

でも、遠慮がちな彼女は本音をタブレットに書きはしなかった。

こんな場面でも遠慮するのかよ……ったく。

彼女の態度が歯痒《はがゆ》い。それをなんとかしてあげたいと思った。

「いいのか？」

【うん】

「そっか。じゃあ、せめてこの言葉は言わせてくれ」

俺はできる限りさわやかに笑い、彼女の頭に手を置く。

それから、「よく頑張ったな。凄いよ来栖は」と頭を撫《な》でた。

少し気障《きざ》でかっこつけた態度だったかもしれない。

彼女と目が合った時に、俺の顔が熱くなってくるのを感じた。

「まぁ、その……遠慮しなくていいよ。寂しいからさ」

俺の言葉に、彼女は小さく頷いた。

そして、タブレットに文字を書いてゆく。

【じゃあ、もっとして】と、小さく書いた来栖は顔を伏せてしまった。

「勿論《もちろん》。まぁでも飽きたら言って」

……表情は見えない。

だけど、喜んでくれたのは確かなのだろう。

彼女の綺麗《きれい》な髪の間から見えた耳は、外に見える夕日ぐらい赤く染まっていたのだから。

◇◆進路選択は悩みどころ◆◇

田舎にあるこの高校は、都会と違って人がひしめき合うこともなく、落ち着いていてのびのびと過ごすことが出来る。

だが、今日は落ち着いている様子がなかった。

（理系一択！）

（科目どうしようかな～。親は理系にって言っていたけど、数学とかマジで無理）

（……できれば鏑木君と一緒がいい。楽しく学べそう……でも、何をとるの？）

（選択科目……ふふ。これは偶然を装った『ドキッ！　ここでも一緒ですね。ハッ⁉　これはもしや運命では⁉⁉』の作戦が使えますからね。これは運命を感じて、ついに白旗宣言も⁉）

まぁこんな感じにクラス中の声が聞こえすぎて、皆真剣に考えていて静かな教室のはずなのに……俺にとっては騒いでいるように感じてしまう。

ってか、雛森の声が一番よく聞こえるな……。

作戦名が長すぎるのが、相変わらず残念な感じだけど。

俺は表情に出さないようにしてから、自分の紙に必要なことを記入してゆく。

書き終わったらすぐに自分の鞄《かばん》にしまった。

「将来のためにしっかり決めろよー。授業の二週目には、ポータルサイトへ入力しろ。それと進路希望調査、文理選択希望も忘れずにな～。面倒かもしれないが、君達の大切な進路だ。真剣に書いてくれ。あ、それから紙は面談で使うから後日提出してくれよ」

先生は矢継ぎ早に話をすると、教室を出て行ってしまった。

「なぁどうする？」

「とりあえず、見てからだよなぁ」

途端に話を始めるクラスメイト達、みんな紙を見せ合いながら話を始めた。

そう、二年生のこの時期は進路希望調査や履修選択がある。

だからこそ、さっきみたいな悩む声が耳に届いていたわけだ。

ウチの学校は、単位制であり授業を選択できる比較的珍しい高校である。

『自ら学んで自ら行動し、自ら作り上げる』という学校理念の下、生徒に選ばせることが多いのだ。

その一つの例がこの『履修選択』というわけである。

一年次はほとんどが必修で、選択は芸術科目で音楽・美術・書道・工芸から一つ選択するぐらいだった。

高二から文理の選択が本格化してきて、四月に仮、五月から本決定の流れとなっている。

大事な将来に向けての選択をひと月で決めるのは酷な話に思えるが、大抵の人は入学の時から思案しているので、時間は十分に与えられている。

だからと言って、簡単に決められるわけではない。

将来を見据えての決定を悩んでいる生徒は多くいた。好きな教科を選べるのはいいことだけど、俺からしたら悩む声が鳴り響き気分が億劫《おっくう》になってしまっている。

頭が痛くて寝ていたい……でも、気になることはあるんだよな……。

俺は、横目で霧崎の様子を窺《うかが》った。

いつも通りつまらなそうに頬杖《ほおづえ》をついて前を見ている。

……もう決めたのかな？

まぁ、見ていても仕方ないか。

俺は霧崎に近寄り、話しかけることにした。

「なぁ霧崎。どうするか決めた？」

「私はいつも通りだけど。まぁこの前のテストの結果次第じゃない？」

霧崎は顔だけをこちらに向けて、そう返答してきた。

「そういう律はどうなの？　決めた？」

「俺は無難な選択かな。なるべく人が多くなくて静かな科目を選択するよ」

「そっか。律はブレないねぇ」

「……霧崎、進路のことだけどさ。今は——」

「問題ないって。律は過保護すぎー」

〝決まった？〟と聞こうとしたところ、話を被《かぶ》せるように言われてしまった。

中学の頃に悩んでいたのを知っているから聞いたけど。相変わらず……彼女からは声が聞こえない。

俺の心配するような視線に気づいたのだろう。

霧崎がくすりと笑って、頬を突《つつ》いてきた。

「なーに？　また私の心配～？　大好きだねー私のこと」

「……うっせー。しょうがないだろ？　なんとなく前の時と重なるんだよ」

「嬉《うれ》しいこと言ってくれるね。並の女の子だったら『私のこと分かってくれる！』って恋に落ちるところ」

「それは暗に自分は違うって言っているな」

「どっちだと思うー？」

「茶化《ちゃか》したいだけに一票……」

「はい、大正解ー。流石《さすが》は律だね。よくわかってるじゃん」

「嬉しくね～……」

苦笑する俺を見て霧崎は、手をパチパチと叩《たた》いた。

「すごい、すごーい」と全く心のこもってない棒読みで賞賛を送ってくる。

不服そうに彼女を見ると、くすっと笑ってから微笑《ほほえ》んできた。

「律は心配しているけど、進路のことは解決してるよ。目指してみるって決めたわけだし。ちゃんと頑張るつもりだから」

「そうなのか？」

俺は首を傾《かし》げる。

集中して心の声を聞こうとしたが、率直に話す彼女からは、嘘《うそ》を示すようなことは聞こえてこない。

「ただ、上手《うま》くいかないことはあるから……そういうときは少し疲れたりするかな？　でも、それぐらい」

「たまには休憩しろよ？　目標っていうのは一朝一夕に達成できることじゃないし」

「あははっ。休憩って言葉を律が言うと全然説得力ないね」

「まぁだからこそ休憩の大切さが分かるってことで。反面教師的な感じだ」

「それ、自分で言う？」

「ははっ。まぁ確かに。ただ、困ったら言ってくれよ。遠慮なんていらないからさ」

「ありがと。律は相変わらず優しいね？……よしよしー」

「撫でるなって……すげぇ馬鹿にされた気分なんだけど」

頭を撫でてきたせいでセットした髪が崩れて、天然の目隠しのようになった。

そのことに少しだけ文句を言おうとしたところで、川口《かわぐち》が紙を持って駆け寄ってきた。

「なぁ律～！　なんで何度もこんな紙を出さなきゃいけないんだよ～」

大きな声で泣きついてくるから、神林《かんばやし》も反応して同じように紙を持ってくる。

そして俺の周りに集まったのを見て、「参上～！」とやたらとテンションが高い松井《まつい》までやってきた。

さっきまでの雰囲気とは打って変わって賑《にぎ》やかになる。

「ねぇねぇ～。胡桃《くるみ》を抜きにして、なんで楽しそうに話しているのかなぁ？」

「松井、楽しいって言うよりは真面目な話だよ。進路とか履修選択のね」

「うぇぇ……勉強なんてぺっぺっぺっだよ」

松井は露骨に嫌な顔をして、調査票にべーっと舌を出した。

そんなに嫌がることか、これ。

紙を近づけるだけで、めっちゃ拒否反応を示してるじゃないか……。

「なぁ～。松井はおいといてよー。律は理系と文系どっちにするんだ⁇」

「俺は理系だよ」

「んじゃ、俺も理系にしよーっと」

「ちょっとぐっさん。そんな決め方じゃダメじゃないかな？」

「そう言う慎太郎《しんたろう》はどうすんだよ～」

「僕は文系かな。社会系科目は好きだし、それに法学部を目指しているからね」

「目標があんのな～。俺はサッカーが出来ればぶっちゃけどこでもいいぜ！」

「だったら川口はとりあえず理系を選んで、嫌だったら文転したらどう？」

「ブンテン？」

「理系から文系に変更することだよ。文系からの変更は数学がネックになるから、先に理系の方がまだ楽かなって思うよ」

「あーなるほどなっ！　理解したぜ！　けど、俺は数学とか無理だぞ⁇」

「ぐっさん。困ったら律えもんがいるから大丈夫だよ」

「だな！　そうと決まればどんどん書いていくぜ～」

「……俺を便利系猫型ロボットと同じにすんなよ。そこまで万能じゃないからな」

俺はため息をつき、記入する二人を見た。

スラスラ書いて……いや、川口。

流石に『律と同じで』だけだと再提出をくらうと思うぞ？

「きりねぇ〜！　私の選択する科目がないよ〜!!」

二人の様子をじーっと見ていた松井が少しだけ焦った様子で霧崎を揺らす。

と言うよりは、胸に顔を埋《うず》める感じで顔を左右に動かしていた。

「胡桃、ちょっとくっつきすぎだって……」

「えーいいじゃ〜ん！　きりねぇは、凄《すご》くいい匂いがするから癒やしなのぉ〜！」

「くっ……くすぐったいんだけど」

「えへへ〜。ふにふに〜」

「そ、そういうのはやめ……っ」

目のやり場に困るようなやりとりが眼前に広がっている。

まぁそれでも……見てしまうのは男の性質というものだ。

目を惹《ひ》く二人の絡みというのは、自然と視線が誘導されてしまう。

だから、

(松井！　そこをどけ‼)

(羨ましい……あそこは天国か？)

(ナイスだ、松井)

みたいな、男子の邪《よこしま》な声がたくさん聞こえてきていた。

横にいる神林も川口も例外ではなく、特に川口なんて両手を合わせて拝んでいるぐらいだ。

確かに拝みたくなるような可愛《かわい》らしい光景だよな、うんうん。

「……何を見てんの律？」

「え……俺だけ？」

「視線があやしー…………へんたい野郎（……反応するんだ）」

少し顔を赤らめた霧崎が不服を訴えるように俺を見てきた。

いっそのこと『見んなよ変態‼』って罵倒して、顔をひっぱたいてくれれば、ウケるかもしれないが……反応がしおらしくて、そんなことになりそうにない。

「さ、さて……あー。えっと……そうだ松井！　進路希望は出したか？　悩んでいる感じだったよな⁇」

俺が露骨に話を逸《そ》らすと、何か言いたげな目を霧崎から向けられる。

そして、腰を思いっきり抓《つね》られてしまった。

……無駄に痛い。けど、ここは我慢だ……。

なんとか表情には出さずにニコニコして松井を見ると、彼女は「うーん」と考え込み始めた。

「これから決める感じか？」

「うーん。胡桃に合う科目が見つからないんだよね〜。なんかこう、ピキーンと来なくてえ」

「完璧に合うのはないと思うけど。無難に将来の夢から連想するか？」

「将来の夢かぁ〜」

「まだ未定？」

「ううん！　胡桃は決まっているよっ！」

元気よく松井はそう言って、片手を腰に当ててからもう一方の手で天井を指差した。

「夢はでっかく大統領！」

「まさかのワールドワイド⁉」

「それか世界征服！」

「いきなり物騒だな、おい……」

明後日《あさって》の方向を目指した夢を聞いて、俺はため息をついた。

まぁ確かに夢を見るのは自由だけどさ。

「胡桃はもう少し考えたら？　例えば単純にお金を稼ぐとか、公務員とか、結婚して永久就職とか」

復活した霧崎がいつも通り冷めた感じで、現実的なことを言い始めた。

「なんか、急に夢がなくなったな」

「何事も堅実に。お金は重要でしょ？」

「その通りではあるんだけどな」

……少しぐらい夢を語らせてあげろよ。

子供に『サンタさんは親だよ』って、いきなり教えるぐらい夢がないじゃないか。

霧崎の夢のない話を聞いて、松井は納得したように頷《うなず》く。

そして、何かを思いついたのか手をポンと叩いた。

「決めたよ！　お金、お金だねっ！　じゃあ胡桃は大統領を諦めて、今からカブをやるよお〜」

「急に現実的になったな。無理のない範囲でやるんだぞー」

「分かってるよぉ」

「本当か？　やけに自信たっぷりだけど」

「ふっふっふ〜。知ってたりっくん？　高値で買い取ってくれるタイミングで動物さんに渡せば……お金がっぽりなんだよ？」

「え、そっちのカブ……？」

「イェ〜イ！　レッツ錬金術〜！」

見えてない。

俺は松井の手に握られたゲーム機なんて見てない……！

「ってことで、きりねぇ一緒にやろ〜？」

「……私、ゲームなんて持ってないんだけど」

「だいじょーぶい！　胡桃は二台持ってきているからねぇ。ってことで、きりねぇ手伝ってぇ〜」

露骨に嫌そうな顔をする霧崎だけど、松井から上目遣いで見つめられている。

じっと見つめられるものだから、終《しま》いには折れてしまった。

「……少しだけだからね」

「やったぁ〜。みんなもやろ〜」

そう誘われて、神林と川口もゲームを始めてしまった。

てか、何で持ってきてんだよ……。

俺はゲームをやってるみんなを置いて、次に来栖のところに向かう。

（……あ、鏑木君。まさか話してくれるのかな？　ふふ、嬉《うれ》しい）

話しかけるより早く、俺に気がついた来栖の声が聞こえてくる。

相変わらず抑揚のない声に聞こえるけど、僅かに弾んでいるようだった。

「来栖はもう決まったか？　って、なんか書いてるのか？」

【うん。たくさん（みんなのいい話……いっぱい聞こえた。知らないことばかりだね）】

来栖はそう書いてみせて、自分のノートを見せてくれる。

そこには、さっきの松井の会話で出たキーワードが書かれていた。

……役に立たないことばかりだ。

「来栖は何でもかんでもメモをとるのをやめような……心配になるから」

【知識は力】

「それは間違ってないけど。情報の取捨選択をして、自分の夢や目標をしっかり決めて動くようにしないとな」

【決めている（……目標は先に決める派だから）】

「へぇ〜。何に決めたんだ？」

【鏑木君とずっと一緒（これからも仲良く出来たら嬉しい……えへへ）】

「ぶっ⁉」

履修や文理のことだと思ったのに……。

まさかのカミングアウトに俺は動揺してむせてしまった。

「……不意打ちは反則だろ。もっと言い回しを考えて」

【幸せ（嘘《うそ》は言ってないよ。叶《かな》えるために努力あるのみ。ずっと一緒だと……幸せだから）】

ぎこちない笑顔ではなく、自然な微笑《ほほえ》みを俺に向けてきた。

文字と心の声の二段構えに、俺の胸がいつになく高鳴っていくのを感じる。

いつもながら彼女の言葉は突き刺さるよ……本当にね。

俺の心境と裏腹に、来栖はきょとんとして首を傾《かし》げたのだった。

◇◆友達だから◆◇

「鏑木君。そっちの設営も手伝ってもらっていいかな？」

「了解です。先生」

「いやぁ〜いつも悪いね」

「あははっ。このぐらい余裕なんで、何かありましたら遠慮なくおっしゃってください」

俺がそう返すと先生は笑顔になり、「任せたぞー」と言って去って行った。

——明日は入学式。

俺は先生に頼まれたということもあり、その準備をしていた。

前はこの時間に来栖と特訓をしていたけど、俺から卒業した彼女とはもうそういうやり取りをしていない。放課後特訓は終了していて、彼女自身も俺に頼るつもりはないらしい。

『自分から学んで、頑張って行動する』と、本人が決めたことだ。

寂しい気持ちはあるけど、心の中で『鏑木君と並んで歩けるぐらい頑張らないと……友達として！』と気合いを入れる彼女を知っているから、でしゃばらず陰ながら応援する立場をとっている。

表立っては何もせず、あくまで自分の行動範囲の延長線上で何かあったら手を貸す……。

まぁ、ある種の屁理屈《へりくつ》みたいなものだが、これなら文句を言われることはないだろう。

「危なっかしい部分は多いから目が離せないけど、真っ直《まっす》ぐに頑張る姿勢はほんと凄《すご》いことだからなぁ……」

そんな感心を口にして、同じく入学式の準備をする彼女の様子を窓の外から窺《うかが》った。

彼女に気づかれないように、あくまでこっそりとだ。

（……掃除をしてピカピカに。綺麗《きれい》だと嬉しいよね。がんばろー）

来栖は、新入生の教室を念入りに掃除しているところだった。

彼女の心の声は僅かにだが聞こえ、気合い十分といった様子だ。

ただ、いつも通り一人で作業なんだよな……。

掃除なんてあまり人がやりたがらないことだから、来栖がやっているんだろうけど。

でもそうなると、全教室を来栖が一人で掃除するつもり……っていう可能性も出てくるのか？

それなら、俺も早く手伝って――

「とりあえず、一つ終わったから一緒にやろー」

面倒くさそうなトーンの声が教室から聞こえてきた。

（私が頼まれたことだから、ちゃんと自分でやらないと無責任）

「ここは私の仕事って……馬鹿言わないでよね。机を運んだり、一人より二人の方がいいでしょ？」

（……けど、私が巻き込んだ形に）

「はいはい。意地を張らないで、もういいから早くやるよー。自分だけでやるつもりでも、私も勝手にやるからね」

放課後は用事があるからっていつもは参加しない霧崎だけど、今日は手伝うことにしたらしい。

きっと理由は来栖だろうけど……大概、俺も霧崎も心配性だよな。

気持ちはよく分かるよ。

頑張り屋って眩《まぶ》しくて、そして応援したくなってしまうものだ。

無視を決め込んでいればいいけど、頭の片隅に引っ掛かり、気づいた時にはいつも関わっている。

「これなら大丈夫かな？　俺は自分の作業に戻るとしよう」

俺は苦笑して、その場を後にした。


——一時間後。

大体の準備が終わり、俺は人通りが少ない階段でひと息ついていた。

力仕事が多かったなぁ……。

男手が少ないとこうなるのは仕方ないんだけど。

差し入れで貰《もら》ったお茶を喉に流し込み、静けさを満喫していると、背後から『鏑木さん発見！』という聞き慣れた賑《にぎ》やかな声が聞こえてきた。

「あれ？　鏑木さん。まだ帰ってなかったんですね？」

声に反応して振り向くと、あざとく微笑む雛森がいた。

「ちょっとした暇つぶし中だよ。春の散歩って桜がいい感じだろ？」

「確かにいいですねー……。お暇な鏑木さんが羨ましいですよ。私なんて大忙しですし……」

「明日、入学式だもんな。生徒会となると、準備に奔走ってわけか」

「そうなんです。新入生を迎え入れるために、全力を尽くさないといけませんからね（ふふ。私の美声を聞いてしまったら、きっと新入生を釘付《くぎづ》けにしてしまいますね……はぁ。罪な女性で申し訳ない気持ちで一杯です。むふふ……）」

「ほどほどにな……」

相変わらずのダダ漏れに苦笑いする。

素直さや謙虚さを来栖から一ミリでも学べればと思うけど……まぁ無理か。

「なんですか。その可哀想《かわいそう》な人を見る目は？」

「いやいや。雛森は素敵だなーって思っただけだよ」

「……心のこもってない称賛は、素直に傷つきますね（いっそ、泣いたフリをして動揺を誘ってみましょうか？　そうすれば私への態度も変わって従順になるかもです）」

「傷ついた素振りなんて一ミリも見えないから、泣き真似《なまね》なんて無意味だぞ」

「ソ、ソンナコト……ナイデスヨー（なんで考えてることがバレるんですか〜っ）」

「分かりやすく動揺するなって」

雛森は、泣き真似のために準備しようとしていたハンカチをそっとしまう。

いつもの演じる表情が崩れ、頬《ほお》を膨らませた子供っぽい顔になった。

（もうっ！　なんで私が手玉に取られているみたいにっ⁉　かくなる上は捨て身の特攻で……）

そして俺に何か言おうと口を開いたところで「雛森さん！　予行練習するよ〜！」と、他の生徒会役員が少し離れたところから声をかけてきた。

「あ、まずいです。そろそろ行かないと時間が……けど一言、文句を」

「そっか。頑張れ頑張れー」

「あーもうっ！　少しぐらい心を込めて言ってくださいよっ！　ていやっ‼」

「いたっ」

去り際に俺の頭をぺちんと叩《たた》き、子供みたいに舌をべーっと出してから行ってしまった。

嵐が去ったように静けさが訪れる。

「さて、来栖に負けてられないし。あとちょい頑張るかな」

俺は肩をゆっくりと回し、ふぅと息を吐いて再び作業に戻った。

◇◇◇

「お前なぁ。毎度のことだけど睡眠はちゃんととれ」

入学式の準備を終え、次は勉強と思って歩いていたところ俺はさーやに見つかり、保健室に連行されていた。

「体は資本。お前は何度言ったら分かるんだ……？」

「分かってるよ。無理はしてないし、最近は快眠だよ」

「お前の言葉は信用していないからな？（寝不足なことは知っているからな馬鹿者）」

「あはは……。手の甲をピンポイントで抓《つね》られると痛いんだけど」

さーやは、無言で微妙に痛い行為をしてくる。

俺が笑って誤魔化《ごまか》そうとしているのは、当然分かっているようで、目つきが鋭いものになっていた。

けど、額に手を当てやれやれと肩を竦《すく》めると、諦めたように手を放す。

「毎度のことだが、ほどほどにな（聞く耳もたないからなぁ……ったく）」

「気をつけるよ」

さーやはため息をつき、「思春期は厄介だなぁ」と呟《つぶや》き頭を掻《か》いた。

それから視線をベッドの方に向ける。

「まったく〝似たもの同士〟っていうのは困ったものだよ」

まるで見ろと言っているような態度に俺は首を傾げ、悪いと思いながらもカーテンの隙間から中にいる人物を確認した。

耳を澄ませば微《かす》かに寝息が聞こえ、顔は見えないけれど見覚えのある錦糸のような艶《つや》やかな髪が布団からはみ出している。

「……来栖が寝てるのか？」

そう呟いて、さーやの顔を見る。

「まぁな。お前と同じで頑張りすぎるんだよ。特に近くで同類を見ていたから、尚更《なおさら》張り切っていたと思うぞ」

「……同類ねー。確かに似てる部分はあると思うけど」

「ふんっ。まったくだな（加減を知れっ！　馬鹿者が…………心配するだろ）」

俺に聞かれてることを知っているから、心の中での罵倒が弱くなる。

そうなると、どうにも気まずくなって俺は「ハハハ……」と笑って誤魔化すしか出来なかった。

そんな俺を見て、さーやは椅子に置いてあったノートを手元に持ってくる。

「これが何か分かるか？（……言わなくても、お前なら来栖のノートって気づくか）」

「……まぁね。色は違うけど、前に似たような物を見たよ。ほんと、真面目だよな。クソがつくほどの大真面目だ……」

「そうか。じゃあ何も言うまい」

さーやは薄く笑うと、椅子に座って背を預けた。

もう冷めてしまったコーヒーを口に含み、ふぅと息を吐く。

俺はただ、そのノートを見つめていた。

……きっと中身は、言われたことや学んだことを書いているんだろうなぁ。

初めて出会ってから、色々なことがここまで上達しているっていうことは、涙ぐましい努力があったに違いない。

いつもメモをしているこのノートだって、もう何冊目なんだろうな……？

俺の特訓が終わっても、努力してないわけがない。

そう思うと余計に——来栖との関係を大事にしたいと思った。

「お前ら二人ともブレーキが壊れているからなぁ」

「ひでぇ言いよう……」

「ははっ。だからこそ、分かり合えると思ってるよ。本当の意味でな」

「……無理しないように、適度に様子を見るよ」

「そっかそっか。なら安心だ」

さーやは快活に笑い、俺の頭をわしゃわしゃと撫《な》で回《まわ》した。

不服そうに視線を向けると、なんだか嬉《うれ》しそうにしている。

俺の心の声は聞こえない筈《はず》なのに、見透かされたような気がして……少しだけ悔しい気分になった。

「まっそういうことだから色々と頼んだからな」

「俺にあれこれ注意する割には、仕事与えるんですねー……あー酷《ひど》い」

「ハハハ！　まぁそう思うのは今のうちだなっ」

「うん？　どういう意味⁇」

「まぁまぁ。とりあえず来栖は新しい学年に新しい環境で疲れているんだ。それにブランクがあるから、体力はそんなにない筈だからな」

「……ブランク？」

「それは……まぁ自分で聞け。私からはなんとも……ってことで後は任せたからなっ！」

「え？」

さーやはそれだけ言い残すと俺の返事を聞くことなく、保健室から消えた。

ご丁寧に、入り口には『外出中』の札を貼っていったようである。

……聞かれないように逃げたな。

まぁ、元より他人の秘密なんて無理に聞くつもりはない。

過去に何があったか？　その人のルーツはなんだ？

そんなこと、知られたくないことの方が多いものだ。

俺はさーやの椅子に座り教科書を広げる。

「任されたからにはやるよ。ブレーキが壊れてるみたいだし」

そんな皮肉を口にして、来栖が起きてくるまで待つことにした。


――勉強を始めて三十分後には、来栖が起きてきた。

目を覚ますと飛び起きてきて、俺にタブレットを突き出してきている。

いつぞやのハプニングを彷彿《ほうふつ》とさせるように俺の体を押して、【休憩必須】と書いた画面を見せてきた。

「俺は疲れてないぞ？　それに休むなら来栖が休めって」

【次は鏑木君（私は十分休んだから）】

「来栖と違って体力があるから問題ないって」

【前科あり（前も保健室で寝てるの見てるよ……絶対に寝かせる。これは私の役目）】

来栖の目からは引く気がないという強い意志が伝わってくるようだ。

腕をしっかりと摑《つか》み、俺の目を真《ま》っ直《す》ぐに見続けてくる。

……いつも以上に強引で融通が利かない気がするんだが。

それに……やたらとやる気に満《み》ち溢《あふ》れてて……嬉しそうな喜ぶ感情もあるような
……………まさか？

「なぁ来栖」

【何？】

「寝る前に、さーやに何か言われたのか？」

俺の質問に来栖は固まった。

どうやら図星だったようである。

【似ているとか、ブレーキは言われていない（……気づかれないように）】

「……全て言ってるじゃん、それ」

（………～う。私の馬鹿）

来栖は分かりやすく落ち込み、膝を抱えて悲しそうな顔をした。

心の声で事実を知ることが多いけど、まさか書いて自白してくるとは思わなかったな。

それだけ嘘《うそ》をつくのが下手だということだけど、流石《さすが》に下手すぎて心配になるレベルだよ。

芸に失敗して落ち込んだ動物を見ているようで……見てて居た堪《たま》れない気分になるし。

まぁでも……そうなると無下には出来ないよな。

解決したいという彼女の心意気には、逆らい辛《づら》いんだよ。

俺はため息をついた。

「りょーかい。今回はお言葉に甘えて休むことにするよ」

【そうして（よかった……）】

「はいはい。ただ、来栖もしっかり休めよ」

俺がそう言うと満足そうに来栖は頷《うなず》いた。

そして、横になろうとする俺の頭の方に何故《なぜ》か移動して頭を押さえてきた。

「……来栖？　これはどういうこと？」

【よかったらどうぞ（……少しでも安眠を）】

来栖は心の中で呟き、自信なげにそう書いて俺に見せてきた。

自分の太ももをポンポンと叩き、寝るようにと促している。

「まさかと思うけど来栖。そこに寝ろってこと？」

【睡眠効果があると聞いた】

「誰の情報だよ……いや、まぁ言わなくてもいいか」

さっきまでいた姉の顔が浮かぶ。

余計な入れ知恵をしたんだろう。

あの姉のことだ。面白半分で適当なことを言ったのかもというのは容易に想像ができた。

【嫌？】

「嫌ではないけど。流石に膝枕っていうのは」

【私の足では不満？】

「あからさまにしゅんとしないでくれ。単純にこのシチュエーションに躊躇《ためら》いがあるってだけだ」

【気にしない】

「俺が気にするんだけど」

【寝る】

もう一度、太ももを叩《たた》き促してきた。

相変わらず意志が強い彼女からは引く気が一切感じられない。

それどころか、俺の手を摑んできた。

【次は鏑木君の番。今日の恩返し】

「後で訴えたりとかは……？」

【しない】

来栖は首を振ってもう一度、促すように自分の足を叩いた。

（先生が言ってた。普通に寝かそうとすると誤魔化《ごまか》そうとするかもって。だから膝枕。動いたり、見ていたら分かるから……流石、先生だね）

来栖から聞こえた心の声に、俺は内心で苦笑するしかなかった。

さーやにはめっちゃバレているなぁ。

隠せていたと思っていたことが知られていたという恥ずかしさに加えこの状況……。

最早《もはや》、諦めるしかない。意地を張ってもいい方向に転がる未来が見えないし、仕方ないよな。

俺は自分にそう言い訳をして、来栖に促されるまま太ももに頭を乗せた。

……柔らかい。ってか、目のやり場に困る。

【どう？】

「いや、感想を求められても」

（肉付きがないから硬くてイマイチ……？　どうしよう。お腹《なか》にした方が柔らかいかな？

それなら、体勢を変えて寝やすくして……）

「……け、結構なお手前で。非常にいい感じだからこのままでお願い！」

（寝づらいと休めないから……よかった）

彼女はほっとした様子でにこりと笑う。

普段はぎこちない笑顔だけど、今の笑顔は自然で目を惹《ひ》くものがあった。

不覚にも見惚《みと》れてしまった……ってか練習の成果が今出るのかよ。

【大丈夫（顔が赤い……。熱がある？）】

当の本人は、俺の心境なんて知りもしない。

額に手を当て、首を傾《かし》げるだけだった。

「大丈夫だよ。ただ眠気が来たから体温が上がったんだよ。眠くなると子供って体温が上がるらしいし」

【理解（じゃあ相当眠かったってことだよね……。私も見習わなきゃ。がんばろー）】

一定のトーンで聞こえる綺麗《きれい》な心の声。

若干、ズレていることはあるけれど、聞いていて微笑《ほほえ》ましい気持ちになる。

「じゃあ俺は寝るけど、足が痛かったら遠慮なくどかしてくれ」

「それから、来栖もほどほどにな。頑張るのも偉いけど、やりすぎてぶっ倒れるなよ？」

【うん】

【本末転倒】

「お、分かってるね」

俺がそう言うと、来栖はジト目を向けてくる。

心の中では『鏑木君も同じ』と呟《つぶや》いていた。

見抜かれていたことに苦笑いしか出てこない。

だけど、そのことをタブレットに書かないあたり、言っても無駄と理解しているのだろう。

止めても俺はやる。

来栖だって『問題ない』とか言って、結局はやるに違いない。

似た者同士——気持ちは通じ合うものがある。

苦言は呈するけど、あくまでそれだけだ。

だから、俺もこれ以上言うつもりはない。

でも来栖は、俺と違ったことを考えていたようだ。

【倒れても看病は任せて（もし、鏑木君が倒れたら私が面倒をみる）】

「倒れる前提ってどうなんだよ……ってか、そこまでしなくてもいい」

【嫌】

「めっちゃ力強く拒否してんな……どうして？」

首を振って意固地な態度をみせる来栖にそう聞くと、目を伏せてしまう。

それからタブレットの画面を隠すようにして何かを書き始めた。

【私も支える。友達だから】

顔を隠すようにタブレットのメッセージを見せてくる。

心からも同じ声が聞こえていて……それが素直に嬉《うれ》しかった。

「じゃあ、まぁ……お互いさまってことで」

俺は恥ずかしさを隠すように腕で目を覆う。

追い打ちをかけるように彼女からは『今日も……いつもありがとう……ゆっくり休んでね』という声が聞こえてきた。

あー……陰ながら手伝っていたつもりだけど、それも気づいてたのか。

普通に恥ずかしい。けど、少しだけ温かい気持ちなんだよな。

似たもの同士。彼女とはどこか通ずるものがあるかもしれない。

優しく撫《な》でてくる彼女に誘《いざな》われるように、俺は意識を手放したのだった。

閑話章

新しい目標を決めて

「いらっしゃい来栖《くるす》。よく来たな」

保健室に入ると、いつも通りのカッコいい先生が出迎えてくれた。

コーヒーを片手に、足を組みながら座っている。

そんな先生を見る度に……こんな風にカッコよくなりたいなぁって思う。

私は、先生の隣に座るとタブレットを取り出して、【今日の出来事】と書いてからそれを見せた。

「ははっ。今日も楽しそうだなぁ。どれどれ～、なんでも話してごらんなさいな」

通うことに慣れた保健室。

最初は相談が多かったけど、最近は今みたいに報告をたくさんしている。

友達が増えたこと。クラスの話。勉強の話。それから、鏑木《かぶらぎ》君の話。

望月《もちづき》先生に話すと、いつも微笑みながら聞いてくれる。

先生はいつも優しい。話している最中、たまに頭をわしゃわしゃとされるのが、くすぐったいけど嬉しかった。

「来栖、最近はどうだ？　新しいクラスに馴染《なじ》めたか？」

【毎日が楽しい】

「ははっ！　それはよかったな」

【話す人も増えた。もっと頑張る】

「来栖は頑張り屋だなぁ。ほんと私も嬉しく思うよ」

先生が笑うと私も嬉しくなる。

転校してきてから数か月。最初は辛《つら》いこともあったけど、今では楽しいことばかり。

新しいクラスになって、更に楽しい。

これも霧崎さんや鏑木君のお陰。

二人の手助けがあったから、こんなにもスムーズに話せるようになったと思う。

だから私も……よくしてくれる分、頑張らないとね。

おんぶに抱っこで手を引いてもらうんじゃなくて、隣を歩けるように。

——耐久之朋《たいきゅうのとも》。

それが目指したい目標で、私の思う友達の形。

前に鏑木君には話したけど……まだ、そこにはなれていない気がする。

まだ……頼ってばかりだから。

師匠と弟子の関係は終わったけど、鏑木君はいつも心配してくれている。

嬉しくて、甘えたくなるけど……。対等な関係になって、初めて友達になれるって思うの。

だからもっと頑張らないとね。

私も頼りになるよって思ってもらいたいから……。

「来栖？　どうかしたのか？」

考え事をしていたせいで怖い顔していたみたい。

先生が心配そうに顔を覗《のぞ》き込んできた。

【もーまんたい】って慌てて書くと、何故《なぜ》か優しく頭を撫でてくれる。

……心配させないように気をつけないと。

黙って考え込む前に周りを見る……うん、しっかりとメモ。

「メモって、まぁお前も今からだ。今からたくさん積み重ねてゆけばいい」

【先生、本当にありがとうございました】

「私はキッカケを与えただけに過ぎんよ。頑張ったのは来栖自身だ」

屈託のない笑みを見せる先生が、私の大好きな友達の顔にそっくりでつい見つめてしまう。

やっぱり、姉弟《きょうだい》なんだって思えるほど話も同じで少しだけ面白い。

「うん？　どうした？　私の顔がそんなにおかしいか⁇」

【言うことがそっくり】

「あははっ！　それはこれでも姉だからな。嫌でも似るところはあるさ」

【仲良いの羨ましい】

「よせよせ。年が離れた弟は最早、子供みたいなものだよ」

【いいお母さん】

「……褒められたんだろうが、釈然としない気分だな……」

先生は、苦笑してコーヒーをぐいっと飲み干した。

自分の手帳を開き、ペラペラとめくり始める。

その途中で、ぴたりとめくる手が止まった。

「なぁ来栖。今度の夏に報告は行くのか？」

【うん】

「そうか。なら私も出向くとしよう」

【先生ありがとう】

「気にするな。一人より二人の方が喜ばれるもんだ」

先生はそう言って、私の頭をぽんぽんとする。

私が見上げて先生の顔を見ると、薄く笑っていた。

じっと見ていると先生はしんみりとした雰囲気をはらうように、コホンと咳《せき》ばらいをして、発声練習みたいに「あ〜」と声を出す。

それから改めて、私の顔を見た。

「なぁ来栖。転校してきて良かったかな？」

【最高】

「そっか。友達を作る目標は叶《かな》ったわけだが、次も決まったか？」

【うん。次の目標も出来た】

「そうか！　じゃあ実現のために頑張らんとなぁ〜」

私は頷《うなず》き、窓から差し込んだ光に目を細めた。

――毎日が輝かしくて楽しい日々。

だから、次の目標は【もっと仲良くなる】こと。

そのために努力して、遥《はる》か先にある背中に追い付かないといけない。

勉強、人間関係などなど。やることはいっぱいあるね。

全部出来るようになって、いつかもっと……自信が持てるようになったらその時は……。

「うん？　やけに顔が赤い気がするんだが大丈夫か？」

ハッとして私は首を振った。

恥ずかしいよ……なんで『その先』を考えたのかな。

私は、小さく息を吐き気持ちを入れ替える。

そして、『認めてもらえるように頑張ろう』と気合いを入れなおしたのだった。

第三章

友達の距離感はバグってる

◇◆新入生案内◆◇

「ご入学おめでとうございます。こちらで受付を行いますので、お名前を伺ってもよろしいでしょうか？」

雛森《ひなもり》は丁寧に頭を下げ、新入生と保護者に微笑《ほほえ》みかける。

声をかけられたその生徒は「ひゃい」と、間の抜けた返事をして、それからぼけーっと彼女の顔を見つめている。

頰《ほお》が薄《うっす》らと紅潮していて、雛森に一目惚《ひとめぼ》れしているようだ。

心の中でも好意に溢《あふ》れかえっていて騒がしい。

まぁ見惚《みと》れるのも無理ない……雛森って外面だけは清楚《せいそ》で完璧だもんなぁ。

けど、そんな彼女の内心は――

（ふふっ。また一人！　ほんと男の子って単純ですよね〜）

と、いつも通り絶好調だった。

ほんと飽きずによくやるよ……ブレない意志の強さは嫌いじゃないけど。

俺は呆《あき》れながらも、態度には出さないようにして雛森と同じように受付をこなしてゆく。

声が響いて……頭がくらくらする。

けど、あと少しか……。

俺は人が途切れたところで天を仰ぎ、ふぅと息を吐いた。

正直、人が賑《にぎ》わう入学式なんて来たくはなかったけど……。

当日に受付担当が病欠となり、朝早くから学校に来ていた俺が雛森にばったりと遭遇。

そして、頼まれて手伝うことになったというわけだ。

受付へ並ぶ人が途切れたタイミングで、雛森がからかうように話しかけてきた。

「お疲れ様です鏑木《かぶらぎ》さん。さっきから大人気ですね？」

「大人気って、それを言うなら雛森だろ？　新入生だけじゃなくて、保護者までニコニコしてたし、流石《さすが》だなって思ったよ」

「褒めても何もありませんよ。与えられた職務を全うしたに過ぎません（私に見惚れるのは確定事項なので当然の結果です。呼吸と同じで当たり前なことなんですよ。ま、まぁ鏑木さんに褒められたことは悪い気はしませんけど！）」

「……」

残念な心の声に俺は苦笑した。

じとーっとした視線を向けると、見つめられていると思ったのかウインクをしてニコリと笑みを向けてくる。

魅力を振りまくことだけに全力投球だけど、気をつけた方がいいこともあるよな。

「けどさ、雛森」

「何でしょうか？（お、私のウインクが効きましたか⁉）」

「……愛想を振りまくのは、ほどほどにしとけよ。いつだって恋愛沙汰は面倒なことにしかならないんだから」

「えー……。それ、特大のブーメランですよ。ところかまわず恩を売りまくる人に言われたくないです」

「俺は男女問わずだから問題ないって」

「下心なく動いてくれる人って印象いいですからねー。どっちに転ぶかわかりませんよ」

「なるほどな。でも、杞憂《きゆう》だろ」

「どうしてそう言えるんですか？（実際、鏑木さんは人気がありますからねー。まぁ私の人気には劣りますけど）」

「ほら、俺って彼女がいるし。だから何も起きないだろ」

「そういう問題じゃないと思いますけど……。相手に期待や好意だけを持たせているわけですから。それに……」

「それに？」

俺が聞き返すと、雛森はため息をついた。

「恋人がいる人は逆にモテたりするらしいです」

「え、マジ？」

「はい。恐らくですけど安心感や余裕が男性に生まれるからじゃないかなーと。余裕があると異性に対してがっつくこともなく、一歩引いて優しくなれるので好感度が異様に上がるのではって思いますね」

「雛森は詳しいなぁ〜。流石は演技で、周りをよく見ているだけはあるね」

「演技なんてしてないですよ？」

「……いや、俺の前では隠しきれてないことが多いだろ」

「それだけ鏑木さんが特別ってことですね？（見破られても攻め方はいくらでもありますからね！　一の矢がダメでも第二、第三といけば……いずれは射止められます。フフフ……）」

「特別ねー」

心の中での笑い方は悪役だよなぁ。

時代劇とかによく出てきそうだよ。『お主も悪よの～フフフ』的な感じのね……。

俺を惚《ほ》れさせて告白させて、そして振る。そんな目標のためだけに色々と仕掛けてくるなんて、大したバイタリティーだよなぁ。

俺は苦笑して、肩をすくめてみせた。

「とりあえずですが、恋人がいてもガードは固くしないと付け入られますからね」

「ま、善処するよ」

「絶対に分かってないですよね、それ？（ほんと、仕方ない人ですね）」

「理解はしているよ。最終的に断れば問題ない」

「断ればって……本当にできますか⁉」

「出来るんじゃないか？」

「甘いですね。口で言うのは容易《たやす》いですが、恋は盲目って言うでしょう？　本当に恋をした人は『彼女がいるなんて障害は関係ない‼　奪ってみせる』って突っ走るかもしれないですし、人は開き直った時のパワーが凄《すご》いですからね。きっと、圧倒されますよ。その場にいたら直《す》ぐには結論を出せないものです」

「なるほどなぁ。雛森はやたらと詳しいけど、経験したことがあるのか？」

「私ほどになると告白はたくさんされますからね。恋人を作る気はないので、断り方のパターンはたくさん頭に入れています」

「……苦労してるんだな」

「ふふっ。断り方は百八式ありますよ？」

「ははっ。じゃあ俺も気にしとくわ。忠告ありがと、互いに頑張ろうな」

「はい！」

この後、次の集団がやってきて俺と雛森は受付を再開した。

◇◇◇

入学式も終わり、体育館周りは人だかりが出来ている。

俺たちはそんな光景を眺めつつ、片づけをしていた。

「新入生を見てると一気に歳《とし》をとった気分になるよ。なぁ雛森」

「私を一緒にしないでください」

「けど、雛森。色々とほどほどにな。俺に忠告しておいて、あれはないだろ」

「私は特別なことはしていません。壇上での挨拶もいつも通りの私をさらけ出しただけです」

「スポットライトのように太陽の光が照らしていたのもいつも通りだと」

「ふふ、少し眩《まぶ》しかったですね（……あの時間にあの角度……準備した甲斐《かい》がありましたね。これで第一印象は〝神〟で決まりですっ！）」

「よく言うよ……面倒なことに巻き込まれるなよー」

「ノープロブレムですね」

体育館から出てきた新入生は、俺と雛森をチラチラと見ている。

あそこまで目立っていれば、仕方ないことだけど。

……当の本人は暢気《のんき》だよなぁ。警戒心が足りないだろ。

俺が呆れたような顔をすると、雛森は口を尖《とが》らせて不満そうに見つめてきた。

「そういう鏑木さんだって同じですよ？」

「同じ？」

「惚《とぼ》けても無駄です。何ですか、さっきの王子様プレイは？　ほんと、ぶれないですよねー」

「王子様って。そりゃ、目の前で困っている生徒がいたら声をかけるだろ。新入生が体育館に入らずに佇《たたず》んでいたらさ」

「普通、分かりませんよ。校舎の裏手にいましたし、制服も真新しい感じがしなかったので、普通に在校生だと思いましたけど」

「うーん。まぁ……なんとなく。制服はお下がりなのかなって」

「……鏑木さんってたまに名探偵ですよね？　ズバズバと的中させることが多いですし」

「俺は観察眼が優れて……ってなんだよ、〝たまに〟って」

「だって鏑木さん、鋭いようで鈍いところあるじゃないですか？　そこに気づくのに、それは気づかないのみたいな感じです」

「俺も人間だからなぁ。分からないことは分からないって」

「はぁ、何ですかその返し」

雛森は眉間にしわを寄せて、首を傾《かし》げた。

でも雛森の疑問はもっともだ。

だって俺は――別に鋭いわけではない。

人の心は嘘《うそ》をつかない。聞こえてくることが紛れもない真実で、それが結果だ。

普通、聞こえなければ態度や言動、その他多くの要素を拾って考える。

『嫌われてるかな？』、『好かれているかな？』というのを判断するし、話す内容から表面的に人を評価してゆくことになるだろう。

客観的ではなく主観的、感覚的に物事を判断するものだ。

だから、人と付き合っていく中で『思っていたのと違った』という結果に陥りやすいのだろう。

その結果、人は勝手に一喜一憂する。

でもそれが人付き合いの醍醐味《だいごみ》なのだろう……これはあくまで俺の知識としての考えでしかない。

幸か不幸か、俺はそんな悩める過程を、全てすっ飛ばして結果だけに着地してしまう。

ある意味ズルをしている。と、言えばいいだろう。

ただその分、俺は弱いのかもしれない。結果に至るまでの過程を考えることに。

俺は、数学の問題で途中式を何も書かずに答えだけを書いているようなものだから。

……少しでも学ぶしかない。

改めて考えさせられた自分の性質にうんざりして、俺は嘆息した。

「気が付かないことが多いからさ。なんか気が付くことがあったら教えて」

「も、勿論《もちろん》ですよ（お、素直な鏑木さん……って無駄にさわやかな笑み。これは中々……）」

「ん？」

「なんでもないですっ。さ、さぁバンバン片づけをしましょうか」

やや頬《ほお》を赤らめた雛森は、パンフレットや配布物を段ボールや紙袋に詰めてゆく。

そして、パンパンになった段ボールを持ち上げようとして、バランスを崩した。

俺はそんな雛森を受け止め、段ボールを彼女からとった。

「あ、ありがとうございます（くっ……やられました。これは胸キュンポイントですよ……）」

「無理するなって。案内書とか結構刷ってるから、持っていくの重いだろ」

「なんでもやってもらうわけには……」

「まぁまぁ俺が勝手にやるだけ。それに、力仕事は男の仕事って相場が決まってるからな」

「それじゃ悪いですよ……私も」

「じゃあ、紙袋の方を半分持ってよ」

俺は雛森に紙袋の反対側を持つように促して、彼女は言われるがままに握った。

「……別に半分ずつで良かったんですけど（こんな持ち方、まるで恋人同士……。何考えてるんですか！　そんなわけ……）」

「恋人同士みたいで、ちょっとおかしいな」

「こ、こ、こ……」

「ニワトリみたいな声になってるけど。あれ、もしかして雛森はこの程度で照れてる？」

「て、照れてませんからっ!! よゆーですよ！　こんなので何も思ったりしません!!!」

「ハハ、だよなぁ」

俺が笑うと雛森はさらに顔を赤く染め上げ、不服そうな顔をした。

頬を膨らませる彼女をしり目に、俺はチラリと後ろを見る。

声は聞こえないけど、新入生の何人かは肩を落として落胆しているようだった。

ちょっとした罪悪感はあるけれど……今日も何事もなく平和。

そういうことでいいだろう。

◇◆友達と遊びたい◆◇

どうすればいいんだろう？

私は悩みながら、教室に残ってノートに思いつく限りの遊ぶ場所を書いていた。

もう誰も教室にいないけど、鏑木君が雛森さんの手伝いに行ってるから『今のうちに友達と遊ぶ場所を考えよう』って、そう思ったの。

あの時の買い物、楽しかったな……。

色々な服を見て、色々食べて、たくさんお話しして……えへへ。

そんな思い出に浸りながらも、友達と過ごす次なる場所をスマホで調べる。

けど、書いてはバツ印を上から書くという繰り返しで、一向に案がまとまらない。

……水族館、遊園地……それから、動物園。

行ってみたい所は色々とあるよ。

でも、どれが正解か。どこにすれば鏑木君が喜んでくれるか、分からない。

こういった経験が多ければ……思いつくことができたのかな？

考えながらノートとにらめっこしていると教室のドアが開き、もう一人の友達が入ってきた。

「いつまでも残って何してんのー？」

【検討中】

「検討中？」

いつも通り落ち着いて大人びた雰囲気の霧崎《きりさき》さんはこちらに来ると、私の書いているノートを覗《のぞ》き込んだ。

じーっと見た後に小首を傾げ、私の顔を見てくる。

……おかしなことあったのかな？

私もつられるように首を傾げると、霧崎さんは少し悩んだ素振りをみせてから聞いてきた。

「水族館に動物園……もしかして、律《りつ》とデートでもするの？」

質問の意味が分からなくて、きょとんとしてしまった。

もしかして聞き間違い？

そう思って、タブレットに書いて改めて聞き直す。

【デート？】

「定番の場所だから、そうかなって思うけど違うの？」

【友達では行かない？】

「行かないことはないけど、男女の二人で行くんだったらデートになるかなって」

私はノートにメモした場所を見ていく。

確かにネットには『男女で行くなら』って書いてあったけど……デート？

鏑木君と……？

二人っきりで楽しく……？

そう考えると、ワクワクする気持ちの他に……顔が熱くなるのを感じた。

でも、鏑木君とは友達。まだそんな関係でもないから違う。

今回は、ただ遊びに行きたいと思ったからで……。

私は首を左右に振り、気持ちを整える。

それから、ふと浮かんだ疑問を霧崎さんにぶつけてみた。

【デートと遊びの違い？】

「そうね。あまり考えたことないけど、捉え方の違いじゃない？」

【??】

「本人たちが『デートじゃない』と言えば違うんだろうけど、傍《はた》から見れば『それはデートだよ』って思う人もいるかもしれない。今みたいに私がそう思ったようにね。だから、瑠璃菜《るりな》が違うと思えば違うってことでいいと思う」

【難しい】

「変に定義づけしなくていいってこと。周りの言うことなんて気にしなければいいしね。ただ、律には彼女がいるわけだから、彼女に見られて勘違いなんてあったら可哀想《かわいそう》でしょ？」

言っている意味が分かり、私は頷《うなず》いた。

霧崎さん、優しい。私が無知だから教えてくれたんだ……そっか、周りからしたらそう思われるんだね。

じゃあ鏑木君と私が一緒にいるだけで、恋人だって勘違いされちゃうのかな？

私なんかとそう思われたら嫌だろうから……迷惑はかけたくないけど、鏑木君とは話したい。

霧崎さんはそう言っていたけど……でも鏑木君、本当は恋人いないなら、気にしなくてもいいのかな？

うーん……。今度、聞いてみよう。

遊ぶ時に誰にも見られなくて、誤解を生まないような遊びを考えないと……。

……友達だったらもっと特別なことが必要な気もするから。

【相談したい】

私は霧崎さんにそう書いてみせると、彼女は「勿論」と笑って返してくれた。

【友達って何をするべき？】

「何もないかな」

私の質問に霧崎さんは即答した。

【大事にしたい】

「そうねー。瑠璃菜が友達を大事にしたいなら、まずは変な遠慮はしなくてもいいんじゃない？」

【親しき中にも礼儀あり】

「そうだね。それは瑠璃菜の言う通り。だけど、それは『友達なら何してもいい』みたいなことじゃないってことを言ってるかな」

ふふっと好意的に微笑《ほほえ》んで、「ねぇ瑠璃菜」と優しく声を落として、彼女は言った。

「例えばだけど、遠慮して本心で話せないとか、一歩引いているとか……それって寂しいと思わない？」

たしかに……。

私は同意するように頷いた。

そんな私の様子を見て、霧崎さんは言葉を重ねてゆく。

「だから友達って接する中で変わってゆくもの……って思うかな」

【変わっていく？】

「そ。話してみるまで分からないことって多いから。仲いいと思って過ごしていたら『あれ？　なんか違う』って思うことだってあるし、逆に『絶対に無理』と思っていた人と意外と相性が良かったりとかね」

【理解】

「話すようになってようやくスタートライン。後はそこから友達の色々なことを許容できるかできないか……それ次第って感じ」

【流石霧崎さん。勉強になった】

私はぺこりと頭を下げる。

知らないことを優しく教えてくれるのが嬉《うれ》しくて、彼女の手を握る。

すると、「霧崎さんねー……」と残念そうに呟《つぶや》いた。

「ねぇ、瑠璃菜は私が前に言ったことを覚えてる？」

【前？】

「ほら、買い物の時。名前で呼んでって言ったのに、あれから呼んでくれてないでしょ？」

そう言われてドキリとした。

あれから霧崎さんは私のことを名前で呼んでくれている。

だけど……私はまだ言えていなかった。

でもそれは呼びたくないわけではない。

何度も呼ぼうとして……だけど、思うように出来なくて。

次は良いタイミングで！　って思ったけどそんなときは来なくて……。

日にちが開くほど、言えなくなっていた。

……せっかく言ってくれたのに、ごめんね。

そう思うと申し訳なくて、なんて返せばいいか分からなくなる。

「瑠璃菜……ちょっといい？」

私が俯《うつむ》いて黙っていると、急に頬《ほお》を両手で挟まれて、ぐりぐりと動かしてきた。

ハムスターが頬をくしくしとやるみたいに、霧崎さんは動かしてくる。

長いから止《や》めて欲しくて、視線を上に向けると目が合った。

「いい？　瑠璃菜は私のことを遠慮せずに名前で呼ぶこと。私は気を遣われるのは嫌だし、気を遣うのも苦手だから」

【うん】

「じゃあ私のことは涼音《すずね》って呼んでよ。友達なら名前で呼んでも変じゃないし、逆に壁があるのって寂しいからね？」

私が言うのを待っている。

さぁどうぞと言いたげに、じっと見つめてきた。

息を呑《の》み、私はタブレットに書いてゆく。

もしかしたら震えてたかもしれない。

【涼音】

「うん。それでいいね」

〝涼音〟は親指をぐっと突き出して、嬉しそうに笑う。

……そっか。友達なら名前で……ふふ。

初めて名前で呼んだのが新鮮で、でも恥ずかしくて、なんだか熱い。

そんな私を見て、今度はニヤリと意地の悪い笑みを浮かべた。

「あれ？　もしかして照れてるの⁉」

【緊張】

「あははっ。そっかそっか。可愛《かわい》いね瑠璃菜は」

【どうしたら涼音みたいになれる？】

「突然だね。私みたいかー」

落ち着いていて、的確なアドバイス。

私と違って考えも大人びているから、どうしてそんな考えができるか気になる。

メモ帳を用意して、まるで記者みたいに涼音が話すのを待った。

……絶対に聞き逃さないように。

そんな私の態度を見て、涼音はおかしそうにくすりと笑って見せた。

「瑠璃菜は今のままがいいよ。そのままの方が可愛いし」

「自己評価低いねー。自信を持ってよ」

　そう言われても自信はないよ。

　まだ出来ないことばかりで……。

「困らないのー。自分は自分。出来ないことは誰だってあるし、誰かにはなれないからね。生かすも殺すも自分次第」

【涼音はどうして落ち着いてるの？】

「うーん。単純に自分を知ってるからかな」

【知る？】

「あ、そうだ。じゃあ逆に聞くけど、瑠璃菜はどうしていつも頑張れるの？」

【頑張りたいから】

「シンプルな理由。その一生懸命さが……眩《まぶ》しいね」

　涼音はそう言って天を仰いだ。

　表情は見えないけど、寂しそうな声が響いている。

　そんな言葉の余韻を吹き飛ばすように、涼音は手をパンッと叩《たた》き、いつも通りの涼しい顔で話しかけてきた。


【ご冗談を】

「ほらほら、話が逸《そ》れちゃったよ。何して遊びたいか考えるんでしょー？」

【遊び方。悩み中。鬼ごっこ？】

「まぁたまにやる鬼ごっこは楽しいかもしれないけど、少人数でやるのは微妙じゃない？」

【難しいね】

「自由な分、選びきれないよね。遊びに行ったり、家で集まったり、もっと大人数で集まったり」

私はメモをとり、頭をひねらせる。

経験値がゼロの私には、いい考えが当然でてこないよ。

涼音に聞くのは……でも……いいのかな？

「もう一度言うけど、友達だと思うなら遠慮はしないこと」

私の心を見透かしたような言葉。

怖がらず、タイミングとかおいておいて……まずは行動。

拒絶も恐れない……。

そう心に決めて私はタブレットに書いて彼女に見せた。

【遠慮しない。でも、おかしかったら言ってね】

「おっけ～。後、遊びたい時、私はいつでも誘ってくれていいからね。わりと暇だし」

……涼音と遊びたい。

そんな私の願望を拾ってくれたのかも。

微笑みながら、カレンダーを指さしてくれた。

【どこか行きたい！】

「もちっ。さっそくだね。じゃあどこにしよっか？」

二人でスマホで調べながら話をして、初めて涼音と遊ぶ約束をした。

二人で行けそうなところ……映画を観《み》ることにしたよ。

カレンダーにハートマークを描き、その中に映画と書き記す。

今から楽しみで、胸がなんだかポカポカした。

決めたよ。今度は自分で誘おう、勇気を出して。

もう少し積極的に……うん。そして遠慮なく。

前向きにがんばろう。えいえいおー。

◇◆俺にとっての友達◆◇

ある日の休日。

〝ピピピッ〟と目覚ましの音が朝食の準備をしていた俺の耳に届いた。

この音が鳴り響くということは、姉のさーやが起きてくる七時の合図ってことだ。

音が鳴ってから五分ほど経《た》ち、さーやが眼《め》をこすりながらやってきた。

「律〜ご飯……」

「おはよう。てか、挨拶もなしに飯の催促か？」

「いい匂いがすんだからー仕方ないって〜……」

妙に間延びした声を出し、壁にもたれかかる。大きな欠伸《あくび》をしては目をこするという行為を繰り返す。まだ夢現《ゆめうつつ》といった感じだ。

俺は「はいはい」と適当に相槌《あいづち》を打ち、焼いたベーコンの上に卵を割った。

「休みの日だし、まだ寝てたら？　社会人って仕事のせいで精神的な疲れが抜けづらいんだろー？」

「はっはっは……分かったような口をきくなよなぁー」

「まぁ俺の場合は分かるし」

「あー……たしかにそれもそうか」

さーやは苦笑してソファにごろんと寝転がった。

スマホを見ながらお腹《なか》をぼりぼりと掻《か》く仕草は、女性の品という言葉が一ミリも当て嵌《は》まらない。

そんな姉を白い目で見るが、目が合っても気にした様子もなく、それどころかゴロゴロと動くものだから、服がだらしなくめくれ上がっている。

へそが丸見えのTシャツにショートパンツという格好なだけに、色々と見えてしまう姉に俺はげんなりした。

見た目だけはいいとは思うけど……この口調な上、がさつな性格が滲《にじ》み出てるからなぁ。

それがなければ引く手数多《あまた》だと思うけど。

ま、昔から〝残念美人〟って言われていたみたいだし、その言葉がここまでしっくりくる人も珍しいよ。

「なぁ律。なんか失礼なことを考えたろ？」

「まさか。今日も姉は素敵だなって思っただけだろ」

「はぁ……嘘《うそ》ばっかり。少しは学校での紳士っぷりを見せてみろー」

「家ではオフだから無理」

さーやは不満そうな顔をして、「けちー」と言ってクッションに顔を埋《うず》める。

それから数秒間、まるで死んだかのように動かなくなったと思ったら急に立ち上がった。

「うっし。いい朝だな愚弟よ」

「……その方法で急に切り替えるなよ。マジで窒息しているんじゃないかと勘違いするわ」

「悪い悪い。けど、息を止めてから一気に吸うと血流が一気に回った気がして目が覚めるんだよ」

「それ悪癖だから直せよ」

「気が向いたらなー（癖は治らないから癖なんだよー）」

手をひらひらとさせ、全く心のこもっていないことを言う。

心の中では屁理屈《へりくつ》を言っていて、そんな姉の様子に嘆息した。

「とりあえず起きたなら、さっさと顔洗って服を着替えろ。寝間着で一日中はだらしがない」

「はいはい。分かってるよ。お前はほんとオカンみたいだなぁ」

「言っとけ。後、寝るときの恰好《かっこう》だけど……俺はちゃんと服を着てくれって言ったよな？」

「着てんだろ〜」

「それを着てるとは言わない。歩くR18は、高校生の教育に悪いって。思春期を甘くみるな」

俺の指摘を受けたさーやは、めんどくさそうな表情を浮かべ頭をぽりぽりと掻く。

ソファーに胡坐《あぐら》をかいて座り、膝に肘をついて不服を訴えるように視線を向けてきた。

「いいだろ別に。減るもんじゃねーんだし」

「いや、俺の精神が磨《す》り減《へ》るんだよ。姉の体を見て目覚めてみろ……マジで死にたくなるわ」

「なんだその言い草は？　美人な姉のちょっとエッチな姿を拝めるなんて男子高校生なら役得だろ？　感謝することはあっても精神にくることはない筈《はず》だがな」

「三十路《みそじ》近くの姉の情けない姿は精神にくるわ!!　色々と虚《むな》しくなるだけだって！」

「ひでー言いよう。……あー、まぁ刺激が強いから虚勢を張るしかないよな。うんうん、分かるぞ、青少年！」

がははと壮大に笑う。その様子には女性らしさの欠片《かけら》も感じない。

ってか、学校で見せる態度が違うのは姉も同じだろ。

大人でカッコいい先生なんて、マジで幻想でしかない。

「さーや。俺を馬鹿にするのはいいけど。数々の発言は自分の首を絞めることに繋《つな》がっているからな」

「はぁ？　なんでだよ……？」

どうやら何も心当たりはないようで、俺を「何、言ってんの？」といった目で見てくる。

眉間にはしわを寄せ「不愉快だ」と言わんばかりの様子だ。

いい年なのに自覚がないなんて、ここは俺が忠告してあげないとな、弟として。

「いやだって、三十路間近なのに男の影もないしさ。まぁ今の態度を見ていたら婚期を逃して当然で——痛っっ!?!?」

言葉の途中で近づいてきたさーやに、頭をがしっと摑《つか》まれた。

手にはやたらと力が入っている……。

「……お前を殺す（……お前を殺す）」

「そ、それは逆に死なないセリフ……！」

（なぁ知ってるか？　世の中には言ってはいけないことがある。それは三十路という言葉と、結婚の話と、悲しい人扱いだ。いいな？　血を見ることになるぞ？）

「ら、らじゃー……」

俺が頷《うなず》くと、さーやは手を放して、ふんっと鼻を鳴らした。

……俺にだけ聞こえる高度な伝え方をするなよ。

しかも声がマジトーンで怖いし……。

俺は自分の頭をさすり、ため息をついた。

「……暴力反対だ」

「暴力ではなく躾《しつけ》だ。生意気な弟に社会の厳しさを教えてやったんだよー」

「それが躾と認められるのなら、世の中は躾だらけだ……」

「おやー？　何か言ったかな……律く〜ん⁇」

わざとらしい猫撫《ねこな》で声《ごえ》が逆に怖い。

しかも指をポキポキと鳴らし、既に臨戦態勢である。

俺はそんなさーやから目を逸《そ》らし「何でもない」と否定の言葉を口にした。


――閑話休題。

姉弟《きょうだい》のハードなコミュニケーションを終え、俺は食卓に座ったさーやの前に朝食を並べていった。

「まぁとりあえずココアでも飲んで一日をしっかりな。ちゃんと豆乳で割って作っているからカロリーは控えめだ」

「お、気が利くなぁ。流石《さすが》は律〜。いただきます」

「どうぞ、召し上がれ」

美味《おい》しそうに咀嚼《そしゃく》する姿を見ると、こちらも嬉《うれ》しくなる。

そんな姿を横目で見ながら洗い物をしていると、さーやが話を振ってきた。

「んで、律。今日も学校に行くのか？」

「午後に行こうかな。午前は野球部の練習試合で人が多いみたいだし」

「そっか。まぁ、あれだ……教師が言うのはどうかと思うが、たまには遊ぶこともしろよ？　勉強や奉仕作業ばかりをする必要はないんだからな」

「分かってるよ。息抜きの仕方は心得てるつもり」

「……はぁ。どの口が言うんだよ。毎回無理をしているお前を見つける私の身になってみろ」

「それは……悪い。反省してる」

「ふんっ。口ではいくらでも言えるからな。行動で示すことだ（まぁ……それでもお前の頑固さは理解しているから、どうせ無駄だろうが）」

「………………」

長年の生活ですっかり信用されていない。

黙っている俺を睨《にら》むように見ている。

額に手を当て、やれやれと肩をすくめた。

「……ま、今後は私が動かなくても大丈夫そうだがなー（来栖《くるす》はやる気満々だったから、愚弟をすぐに捕まえることだろう）」

「あはは……それは普通にありそうだなぁ。心が読めるわけではないのに察しがいいし」

「それだけよく見ているってことだよ。いい友人を持ったじゃないか」

「友人……友人か……」

「ん？　なんだ、その釈然としない言い方は（また余計なこと考えてるなこいつは……）」

俺が言葉に詰まったのを見逃さず、さーやはまじまじと顔を見てくる。

我慢できなかった俺が誤魔化《ごまか》すような曖昧な笑みを浮かべると、さーやは嘆息した。

「お前に回りくどい言い方をしても意味がないから率直に聞くが……来栖とは友達になったんじゃないのか？」

「まぁ……友達になったのかな？　なったと思うよ、たぶん」

「うーん？　なんだその煮え切らない態度は」

「来栖は思ってくれているけど、俺自身がよく分からないんだよ……。友達というカテゴリーを今まで作ったことがなかったから」

「あー確かに。お前っていつも『仲がいい』とか『よく話す間柄』とか濁した言い方をするもんな？　我が弟ながらめんどくさい線引きをしてると思うよ」

「ハハハ……よくご存じで」

口から乾いた笑いが出た。

来栖とは友達になった……と思う。

俺にはこんな言い方しかできない。

彼女は俺のことを対等の友達だと思ってくれている。それは嬉しいし、有り難いことだと言える。

だけど、俺からしたらどうなんだろう？

そう考えた時にどうしても疑問が残っていた。

『損得勘定抜きで本音で話せるかどうか』というのを友達の定義と考えるのなら、俺は来栖を友達とは言えない。

って言うより、友達になれる人なんて一生現れないだろう。

『心の声が聞こえる』という秘密を知ったらどうだ？

きっと誰もが、勝手に心を覗《のぞ》かれているという気持ち悪さを感じずにはいられない。

ズルをして相手を理解したように装う時点で、友達という感覚にはズレがある。

だから、友達とは言ったけど……一歩引いてしまう自分がいるんだろう。

「口が裂けても友達なんて言葉は言わなかったんだよ。聞こえてしまう俺が口にしたら……とてつもなく安いだろ」

俺からはそんな愚痴が漏れ出た。

ズルが出来てしまう限り、本当の意味で友達とは言えない。

一方的に相手を知って、優位に立って、望むように行動する。

……詐欺師みたいなもんだよな。現に来栖も騙《だま》してるわけだし。

それを思うと、胸のあたりがズキッと痛んだ。

「お前はもう少し楽に考えてもいいと思うぞ」

さーやは急に頭を撫《な》でてきて、優しい口調でそう言ってきた。

「……簡単なことじゃないだろ」

「拘《こだわ》るのは勝手だけどなー。まぁでも友達なんてものは『こうあるべき』なんて存在しないものだ。個人の理想はあっても、形は自由なんだよ」

「……言ってる意味は分かるけど。俺の場合は違わないか？」

「仲いい奴《やつ》がたまたま特殊能力を持っていただけだろ？」

「だけではないと思う……」

「いいんだよ細かいことは！　お前はいちいち気にし過ぎだ」

頭を乱暴に掻《か》いて、俺の顔の前にびしっと指を突きつけた。

いつになく真剣な姉の顔を見て、俺はたじろいだ。

「誰だって秘密はあるし、話せないこともある。友達と呼べる間柄でも関係は千差万別。それこそ損得勘定のみで成り立つ友情だってあるぐらいだ」

「…………」

「だけど、ひとつだけ絶対に確かなものがある」

「……なんだよ、それ」

「互いに尊重して寄り添えるかどうかだよ。けどそれはもう出来てんだろ、お前も……来栖もな」

最初は放っておけないという同情心や頑張りに触発されたことで始まった関係。

確かに最初は一方的なものだったけど、それも少しずつ変わってきている。

来栖と俺は似ている部分があるから、俺のちょっとした変化にすぐ気づいてくる。

保健室の時もそうだ……俺も与えられているんだよな。

救っているつもりが、救われていたなんて……。

それを頭で理解した時、顔が熱くなり、同時に自分の拘りがなんだか滑稽に思えてきた。

俺の様子を見て、さーやは薄く笑う。

「少しはまとまったようだな」

「まぁ……少し」

「それでいい。何事も少しずつだ。友達でも友人でもマブダチでも……言い方や形はなんでもいいんだよ。要は、一緒に過ごしたいと思えるかどうかだからな。それを忘れるなよ。

学生時代の繋がりは大事だぞ⁉　大人になると痛いほど分かる」

「………考えてみるよ」

「そうしろ。そして、大いに悩め弟よ！（……応援してるぞ、お前の成長を）」

「……耳が痛い。けど……ありがとう」

「ははっ。年の功に感謝しとけ」

屈託のない笑みを俺に向けてくる。

また頭を乱暴に撫でてきて……でも、それが妙に心地よかった。


――ブブッ。


今の空気感の終わりを知らせるように、俺のスマホが振動した。

画面を見ると、来栖からメッセージが表示されている。

……タイミングが良すぎだろ。

噂《うわさ》をすれば影が差すって言うけど……話をしてたから、なんか恥ずかしい気分だ。

俺は頰《ほお》を搔き、メッセージを確認すると遊びの誘いが来ていた。

「さーや。来栖から……」

「うーん？　なんて来たんだ？」

「『今から遊べる？』だって」

「お、いいじゃないか。遊べ遊べ〜。学生の本分は娯楽だ！」

「教師が一番言ってはいけない言葉だろ、それ」

俺は苦笑して、スマホに視線を落とす。

この気持ちを抱えたまま会うのは気が引けるが……。

まぁ、会うまでの時間で整理すればいいか。

自分の中で明確な答えが出なくとも、彼女と関わることには変わりはない。

友達として、よき話し相手でも大差はないことだ。

俺はそう心に決め、来栖へ『いいよ。どこで待ち合わせしようか』と返事をした。

「とりあえず勉強を済ませて……いや、でも遊ぶって何をするのが――」

――ピンポーン。

俺の言葉を遮るように、呼び鈴が鳴った。

宅配かな？　そう思って玄関に向かいドアノブに手をかけたところで声が聞こえてきた。

「挨拶、そして手土産が基本。クッキーを貰《もら》ったからあげるでいいかな？　『私が作ったよ』は言わなくていい。もし……美味しかったって言ってもらえたら言おうかな……うん」

聞き覚えのある透き通るような声に俺の口元が緩む。

「〝今から〟ってそういうことか……ったく」

俺は、ふぅと息を吐く。

そして、緩んだ表情をいつも通りに引き締めた。

◇◆名前で呼んで◆◇

「んじゃ、ごゆっくり～」

ニヤニヤと腹が立つ笑みを浮かべた姉に誘導され、俺と来栖は部屋に二人っきりになった。彼女は警戒心の欠片《かけら》もないようで、何故《なぜ》か俺の横にピタリとくっつくように座っている。

……相変わらず来栖の距離感はバグってる。

コミュニケーション能力が皆無だから仕方ないことなのかもしれないけど……友達というよりは、恋人同士の距離感なんだよなぁ。

だけど、ここで離れて座ると勘違いから落ち込んでしまうのは容易に想像できるので、俺はこの状況を受け入れることにした。

「まさか、家にもう来てるなんて思ってなかったよ」

【相手を待たせないのは基本（……待ち合わせで鏑木君を待たせることはできない。気を遣う鏑木君なら待ち合わせの二時間前に来る可能性があるから……だから、遊びに行くにしても迎えにきた）】

「えーっと……その心構えはどちらかというと男性側に必要なものだよ」

【任せっきりはよくない】

「それは立派な考えだと思うけど」

待たせるわけにいかないから、だったら迎えにいく。

その考えは分かるし、来栖らしいなって思うけど。

失敗した時の心的ダメージが半端ない方法だろ……。

俺が『今日は無理』って言ったら、どうするつもりだったんだよ。

……いや。まぁ来栖の場合は『私が勝手にしたことだから、また今度にしよう』って考えるだけか。

自分が苦労することを何とも思ってないもんなー……俺と同じで。

そう思うと、少し笑えてくるよ。

（鏑木君が笑ってる。何かおかしなことがあったのかな？　あ、でもまずは……）

来栖は鞄《かばん》から包みを取り出して、俺の前に置いた。

わざわざ可愛《かわい》らしい包装紙で包んである。

勿論《もちろん》、俺にはこの中身が分かっているけど、知らないフリをした。

「これは⁇」

【お納めください（……クッキー。上手《うま》く焼けた筈《はず》……）】

「お菓子かな、ありがとう。手作り？」

「コンビニ」

「コンビニね〜……そっかそっか。じゃあせっかくだから開けようかな」

【どうぞ（……良かった。気づかれてない）】

いや、嘘《うそ》が下手か‼

まぁ正直者すぎるから下手なんだろうけどっ！

せめてデパートで買ったとか、御歳暮《おせいぼ》の余り物とか……色々言い方があっただろ。

包みを丁寧に開けると、可愛い箱が出てきて、それを開けるとまた小さな箱が出てきた。

まさかのマトリョーシカ仕様⁉⁉

口に出さないように心の中でツッコミを入れ、ようやくクッキーにたどり着いた。

中にあったクッキーは、ウサギや熊、犬に猫と可愛らしい形をしていて、気をつけて作ったのか形が崩れているものはひとつもなかった。

でもさ……。

「もう、手作りって隠すつもりがないだろ！」

堪《こら》えてたけど我慢の限界で、俺はとうとう口に出してしまった。

来栖はびくっとして、驚いたように目を丸くする。

【バレてしまった（……流石《さすが》、鏑木君。名推理）】

「いやいや、これでバレない方がおかしいって！　てか、これの準備大変だっただろ」

【綺麗《きれい》な箱。中々大変（切り取って綺麗に作るの難しかったよ）】

「大変なのそっち⁉　ツッコミが追いつかないって」

【細部まで拘った（クッキー以外にも楽しめるようにしないとね）】

「それは凄《すご》いけどさ……。けど、クッキーは？」

【理想の味（……試行錯誤の結果。調整は完璧……冷蔵庫には失敗作がたくさん）】

「……努力したんだなぁ」

得意気に教えてくれる来栖に俺は苦笑した。

頑張ることに全力過ぎだろ……。

作った箱も、きっと何度も失敗を積み重ねた結果なんだろうな。

良かった、丁寧に開けておいて……。

【食べて】

「ありがとう」

俺は促されるままに口に運ぶ。

噛《か》んでいくとほのかに甘みが広がって、それは甘すぎずボロボロと崩れない……俺好みのクッキーだった。

「……お世辞抜きで、マジで美味《うま》い」

俺の口から素直な感想が出ると、来栖は嬉《うれ》しそうに微笑《ほほえ》んだ。

(……良かった。鏑木君にあげたチョコで好みを分析して正解)

いつもくれる【疲れた人に】っていう体《てい》のチョコにそんな意味があったなんて……。

ほんと、人のことをよく見てるよ。

そんな心遣いが、凄く温かい。

【もっと食べて】

「遠慮なく。後……もし家に他のがあったら食べてみてもいいか？」

【いいの？　(失敗作だけど……)】

「来栖が頑張ったっていうのが分かるから、もらいたいかな」

【了解（……二十ダースぐらいあるけど、いいのかな？　食いしん坊さん？）】

俺はうきうきした様子の彼女に、「無理のない範囲でね」と付け加えた。

当面の俺のおやつは決定だな……。

一つを摘《つま》み口に運ぶと、来栖が次のクッキーを手渡してくれる。

美味《おい》しくて、ついつい食べ過ぎてしまった。

「さて、クッキーを食べて腹も膨らんだことだし、今からどうしよっか」

【お任せ（……楽しみ。鏑木君はどういったことをするのが好きなの？　気になる）】

「遊ぶと言っても何をするか思いつかないんだよな～」

【遊び慣れてない？】

「その言い方は語弊があるからなー。単純に勉強不足ってことだよ」

【素人さん？（意外、経験が少ないんだね。あ、でも……前に人混みが苦手そうだったから、あまり行かないのかも？）】

「来栖の言葉のチョイスはどこから来てるんだよ……」

心の声でも微妙な言い回しは健在で苦笑いをしてしまう。

でも、それ以上に自分の苦手に気づかれていることを……嬉しく感じた。

【今日は家で遊びたい（……無理に外に行って疲れるのはよくないから）】

そんな彼女は心の声の通りに、俺を気遣った提案をタブレットに書いて見せてきた。

照れてにやけてしまいそうな表情を誤魔化《ごまか》すように、俺は悩んだ素振りをして天井を見上げる。

明らかに挙動不審に見えたかもしれないが、来栖は疑問に思うことはなく、ただじーっと見つめてきた。

「えーっと来栖」

【決まった？】

「残念ながら……ほら、前に来栖は来ているから知ってると思うけど、俺の部屋に遊ぶものってないんだよ」

俺の部屋にはほとんど物がない。

机にベッド、最低限の家具に本棚。

ゲームなど娯楽に興味がないわけではないが、単純にやる時間がない。

……成績を維持するだけで精一杯なんだよなぁ。

家に誰か来ることなんて想定していなかったから、今後のことを考えて用意しておく必要があるか……。

俺は寂しい部屋を眺めて、ため息をついた。

【朗報（……こんなこともあるかと思って準備してる）】

「うん？　なんかいいのがあるのか？」

【遊び道具を持参した】

「……準備がほんといいな」

俺が外へ遊びに行くと言ったらどうするつもりだったんだ？

いや、どうするも何も来栖は俺に知られないようにして持ち歩くだけだろうけど……。

自分は気を遣うくせに、人に気を遣われるのは嫌がるよなぁ。

まぁ…………俺も人のことは言えないけど。

来栖は鞄の中から次々と持ってきたものを取り出す。

可愛らしい小物がいくつも出てきて、最後に折りたたんだ大き目の画用紙が出てきた。

【人生ゲームを作った（……自信作だよ）】

「まさかの自家製!?」

【うん。超大作（昨日、一日かけて作ったよ。長く遊べるように〝スタートに戻る〟がたくさんある）】

「へ、へー……それはすごい」

自慢気に見せてくるけど。

やばい。クソゲー臭しかしない。

やったら果てしない沼に嵌《はま》る気しかしないけど……やらないのは可哀想《かわいそう》だよな。

一日かけてるって言ってるし。

でも、俺から見えるすごろくの情報が最早《もはや》苦行しかないんだよ。

スタートに戻るが何か所あるんだ？

パッと見ただけで最初からすでに四つほどあるし……んー何々。『浮気が妻にバレた。人生をやり直す。※スタートに戻る』って、なんか書いてあることがおかしいんだけど……。

「なぁ来栖。スタートに戻るという落とし穴が多くない？」

【人生は落とし穴が多い】

「まぁそうだけど。えーっと、お金が貰《もら》えるマスが少ないような？　貰えたとしても『アルバイトを八時間頑張った八千円』とかだし」

【人生そんなに甘くない（お金を稼ぐのは大変だよね。だから大切）】

「いや、確かにその通りではあるけど」

【なるべく現実的に。それが人生】

「深いようで浅いからな？　後は……？」

地雷だらけのマスの中にひとつ気になる文字を見つけた。

お金を増やす選択で『ギャンブルをする／しない？』みたいになってるけど、これはルーレットで決まった数字が出ればってところか？

って、ちょっと待て。人生ゲームなのにそもそも大事なのがなくないか？

「来栖。肝心のルーレットは……？」

【ない。代わりはある（準備はばっちし）】

「代わり？」

【二十面さいころ（頑張って木を削ったよ。角はヤスリで滑らかにしてる）】

「これもお手製なのか⁉⁉」

来栖は頷《うなず》き、『やってやった』と言わんばかりに胸を張った。

そりゃあ、一日中かかるわけだよ。

……ギャンブルのマスとか成功確率が五パーセントとかになってるし。

色々と甘くない人生ゲームになりそうだな。

【やりたくない？（……嫌だったら他のを考える）】

無表情ながらも、心の声は悲しそうだ。

きっと遊びを考えぬいた結果なんだろうなぁ、これ……。

頑張って作ったのを無下にしてしまうのは心が痛む。

だからといって、終わる気が全くしないゲームに興じるのもどうなんだろう。

あーやめやめ‼　ごちゃごちゃ考えても仕方ない！

「よしっ！　やるか来栖！」

（いいの？　えへ……嬉しいなぁ）

俺がそう言うと、途端に花が咲いたように表情が明るくなった。

まぁ、成り立たなかったら……改善点を考えよう。

不安を感じながらも俺は、来栖と人生ゲームを始めたのだった。

◇◇◇

——人生ゲームが終わったのは夕方だった。

幾度となくスタートに戻ったり、所持金を失ったり、人生をやり直す羽目になったりしてようやくゴールにたどり着いた。

あまりにも進まないから途中から変な意地が出てきて、止《や》めるタイミングを見失いこの時間になったというわけだ。

「……困難しかない道のりだったな〜」

【これも人生】

「上手《うま》いこと言うなよ」

自分の書いたことに満足したのか、来栖は得意気だった。

（……鏑木君と遊べて楽しかった）

大変なゲームだったけど、来栖が喜んでいるのならよしとしよう。

それにトランプとか、思考が入り込む余地がある遊びだと俺の場合は純粋に楽しめない。

ただの忖度《そんたく》ゲームとなってしまうから、来栖が作ってきたゲームは新鮮で悪くなかったと思う。

「それにしても来栖は表情が柔らかくなったよな。ゲーム中にも思ったけどリアクションがあって面白かったし、かなり良くなったんじゃないか？」

【練習の成果（……鏑木君に感謝だね）】

「来栖の頑張りの結果だな」

【でも、まだまだ（みんなの前では、緊張して上手くは出来てない……。前よりは出来るけど……鏑木君の前でだけは意識しないけど出来てると思う。鏑木君は特別……）】

「………………」

【どうしたの？（ちょっと顔が赤い……また疲れてる？　風邪の可能性も……）】

「……なんでもない。ただ、感心してただけだよ。頑張り屋って、ポイント高いと思ってね」

【努力は大事】

「ははっ。同感」

俺は自分の照れを笑って誤魔化した。

……来栖の不意打ちはマジで反則なんだよ。

優しくて聞きやすい声が頭に直接響いてくるから。

「じゃあ練習あるのみってことか」

来栖は頷き、親指を立てて〝頑張る〟という意思を見せてきた。

コミュニケーション能力を高めるには、場数を踏んで度胸だったり対応力を磨いていく必要はあるんだよなぁ。

友達を増やしたいなら行動範囲を広めていってという考えもある。

それから、集団生活で学んでも……そうだ。それなら。

「来栖は何か部活動には参加しないのか？」

部活動は人間関係の気苦労が多い反面、目標の共有から仲間意識が生まれやすい。

俺はそう思って提案したが、来栖は悩んだような素振りを見せた後、首を横に振った。

【興味はあるけど。入らない（……今からだと、かなり厳しいから）】

「そっか……無理強いはしないけど。ほら来栖って羊毛フェルトが好きだろ？　だから手芸部に入って、そこで友人を作るのもアリだなーって」

（部活……よくわからない。でも、みんな楽しそうにしてるから羨ましいな。けど、急に入ったら雰囲気を壊して迷惑をかけそうだから）

来栖はそんなことを思って、申し訳なさそうな顔をして首を振った。

まぁ、嫌がる人間を無理矢理《むりやり》参加させても碌《ろく》なことにはならないか……。

彼女がそういうのに参加したいとなったときに協力しよう。

「部活への途中参加っていうのはなんとなく気が引けるよなぁ」

【うん。鏑木君は部活に入らない？（……忙しいからやらないのかな？）】

「俺はやらないかなー。他にやりたいこともあるし、今は帰宅部だよ」

【今？　前にやってた？】

「まぁそんな感じ。来栖は中学の時も帰宅部だった？」

俺が何気なく聞いた質問に、彼女は僅かに表情を曇らせた気がした。

【うん。帰宅部（……学校に行ってなかったことは言えない。心配かけたくないよ……）】

いつも通り文字を書いて無表情な彼女の呟きが、俺の耳に届く。

そして、気がついた時には彼女の頭を撫《な》でていた。

気持ちが落ち込まないように……。

俺に出来ることがこの程度しかないのが、悔しいな……。

チラリと彼女を見ると、目が合い嬉《うれ》しそうに目を細めた。

（……鏑木君は優しい。落ち込みそうになったから、励ましてくれるんだね）

……来栖の過去を詮索するつもりはなかった。

俺自身がされたくないから、人にもしたくはない。

だから……聞かないようにはしていたけど。

たった一言だけで前にさーやが言っていた『ブランクがある』という意味を察してしまう。

俺に話せない筈《はず》だよな……。

さーやの口から勝手に話すことは憚《はばか》られるし、理由も気軽に聞けることではない。

当事者にしか分からない、俺が想像する以上に大変なことがあったのだろう。

それを乗り越えて今の来栖があると思うと……余計に放っておけない。

そう、強く思った。

……ほんと、俺とよく似てるよ。

俺も行っていない期間があったから……。

だからこそ、同族を見つけたような一種の居心地の良さを感じるのかもしれない。

しんみりとした空気となり、俺と来栖は黙って後片づけを進める。

その途中で来栖がタブレットに何かを書き始めて、それから見せてきた。

【部活に入るより、今の友達を大事にしたい（……たくさんのことは出来ないからひとつずつ。今はとにかく鏑木君と過ごしたい）】

「いい考えだね」

俺が同意すると、来栖は微笑《ほほえ》んで嬉しそうにした。

そっか。俺は勘違いしてたのか。

『俺みたいになりたい』と言っていた彼女だけど、それは八方美人の人気者ではなくて……ひとつひとつの関係を大事にして進んでいきたいってことだったんだ。

大事にしたいからこそ、他人を尊重して一歩引いてしまうことが多い。

何でも気にするし、気を遣う。

壊れないようにしたくて……。

彼女の行動理由がようやく腑《ふ》に落ちた気がして、すると自然に彼女に向かって微笑んでいた。

（……今、しかない。今、言わないと）

少し震えた彼女の心の声が聞こえてくる。

それから、

（綺麗《きれい》な心で、どんな時も前向きに……よし。気合いを入れて、えいえいおー）

というおまじないのような気合いを入れる声までも聞こえてきた。

来栖は胸の前に手を当て、深呼吸をする。

そしてきりっと真面目な顔をして、親指をぐっと突き出してきた。

【友達に遠慮はいらない】

「来栖、それは何の格言？」

俺が聞き返すと、タブレットに【来栖瑠璃菜】と書き、〝来栖〟の部分に×マークをつけた。

【呼び方に不満（……来栖じゃない呼び方がいい）】

「不満って来栖じゃダメなのか？」

【友達なら名前で呼ぶ（涼音も言ってた。遠慮はいらないって）】

「き……」

俺は「霧崎」と言いかけて、すぐに口を閉じた。

霧崎が何を伝えたか分からないけど……いつもの曲解なんだろうなぁ。

話せば分かってくれるかもしれないけど。

彼女の心の声は、引く気がないことを教えてくれている。

予想もしてなかった突然の要求に胸が高鳴り、動揺してしまう。

それをどうにか隠そうと、落ち着いているフリをするだけしか出来なかった。

「俺は名前で呼ぶのは得意じゃないんだけど」

【拒否】

「……強引だなぁ」

【呼んで欲しい。ダメ？（まだ壁を感じるから……もっと仲良くなりたい。初めて出来た友達だから……）】

彼女の大きな瞳が上目遣いで俺を見る。

潤んでいて……手には力が入っているようだった。

壁を作り、踏み込まない俺との関係を進めたくて……勇気を出して言ってきたわけだ。

……素直で真っ直《ます》ぐな声は俺の胸に突き刺さる。

【律。私は名前で呼ぶ（……律。律ー。いい響きだけど……恥ずかしいね）】

「………」

文字と声の二段構えで畳みかけるように伝えてくる。

そうして必死に訴えてくる彼女を見てると、自分が引いていた一線が酷《ひど》く滑稽に思えてきた。

……素直にかっこ悪いな、俺。

俺は自嘲気味に笑い、ふぅと息を吐いた。

「瑠璃菜……これでいいか？」

【もう一度】

「……何度も言わせるのはちょっと」

【嫌だ。もう一度】

「えっと……瑠璃菜」

【照れる（名前で呼ばれるのが……こんなに恥ずかしいなんて。でも、嬉しい）】

「だったら言わせるなよ」

【律、照れてる】

「……人のこと言えないくせに」

俺が文句を言うと、〝瑠璃菜〟は嬉しそうにして何度も名前を書いて見せてきた。

律！

——まずは、一歩進んでみよう。

その結果、どうなるか分からないけど。

俺には本当の友達なんて、そもそも本物が何かなんて分からない。

だけど、それを知りたいと思った。

でも、まずは今——このちょっと強引な彼女との関係を大切にしたいと思う。

第四章　君の声が聞こえる

◇◆休みの学校で◆◇

新学期が始まって、二週間ほどが経《た》った。

二年生となり、後輩ができて、クラスも変わって、勉強も難しくなって……と様々な変化が起きているわけだが、俺はそんなには変わっていない。

よく一緒に行動する人たちも、休日の過ごし方も、前とほぼ同じだ。

少し変わったことがあるとしたら、行動の中に瑠璃菜《るりな》と過ごす時間が加わったぐらいだろう。

「まぁ、たまには一人っていうのもいいかもしれないなぁ」

今日は休日だが特に予定がなかったから、俺は一人だった。

だから、いつもみたいに学校に来て勉強している。

ここ何回かの休みは瑠璃菜が家に来ていたから、一人で教室を独占しているのを久しぶりに感じて、なんだか新鮮な気分だ。

耳を澄ますと聞こえてくるのは外で練習をする運動部の声ぐらいで、教室の中は問題を解くときの鉛筆の音だけが静かに響いていた。

「ふぅ。今日はかなり集中できそう――」

「今日は誰もいないので、今のうちに下調べしますよ〜。マンネリ化を防ぐためにはバリエーションが必要ですからねっ！」

「……できそうにないなぁ」

廊下から聞こえてきた声に俺は嘆息した。

……なんで今日に限って演出の下見に来てるんだよ。

相変わらず心の声が大きいなぁ。

めっちゃ響いてるよ……。

とりあえず勉強をしながら備えておくか。

俺はそう思い徐々に近づいてくる声に耳を傾けながら、勉強を進める。

教室前で『あれ？』という声が聞こえ、急に静かになった。

だけどすぐに、

（明かりが……ってことは鏑木《かぶらぎ》さんか涼音《すずね》ちゃんですね？　まずは確認して……）

そんな声が聞こえ、彼女の頭がひょこっとドアから出てくる。

中を覗《のぞ》いて、いる人物を確かめているんだろう。

……あれでバレてないと思ってるところは、可愛《かわい》らしいんだよな。

（ふっふっふ。これは千載一遇のチャンスですね。教室の後ろからこっそり忍び寄って、目隠しをしましょう。必殺『だーれだ作戦』ですっ！　そうと決まれば、そろーり…………）

俺はそんな愉快な思考をしている彼女に後ろから近づいて、「よっ雛森《ひなもり》」と声をかけた。

「にゃい⁉⁉」

驚いた雛森は猫みたいな声で悲鳴をあげて飛び上がり、その拍子に尻餅をついてしまった。

スカートはめくれ上がり、それを慌てて手で押さえる。

雛森は顔を赤面させ、恥ずかしそうに俯《うつむ》いたまま「……見ました？」と訊《たず》ねてきたので

俺は首を傾《かし》げた。

「何を？」

「……目を合わせてください。見ましたよね……？」

「いい天気だよな〜。俺の目には今日のような空しか映ってないよ」

「嘘《うそ》です……視線が動いたのを見逃していませんから」

「まぁ空は青だよな」

「やっぱり見えてるじゃないですか!!!（あ〜嫁入り前の淑女が下着をみせてしまうなんて〜……あ、でもこれで意識させるという手も？　肉を切らせて骨を切ると思えば、悪くない気がしてきました）」

ただでは転ばない精神を持ち合わせてるのには感心するが、今回は驚かせた俺が悪い。

だから顔の前で手を合わせて謝るような素振りを見せる。

雛森は、不機嫌そうな顔を見せて「貸しにしときますから」と呟《つぶや》いた。

「驚かせて悪かった。ほら、手。立てる？」

「……ありがとうございます。優しいですね（こういう時は……無駄に紳士っぽくしないでくださいよ）」

「一応、紳士だからね」

「変態紳士の間違いです」

雛森は俺の手を握って立ち上がり、スカートをはたいた。

彼女はそのまま教室に入って、俺がさっきまで座っていた席の隣に座ると手招きして俺を呼んだ。

「それにしても、雛森が休日に学校にいるのって珍しいな。生徒会の活動？」

「そんな感じです。四月は忙しいんですよ～」

「お疲れさん」

「いえいえ。私にかかれば余裕ですから（……球技祭に宿泊学習……プログラムを作って、更には事前の許可も必要で……あ、文化祭もありますから……）」

表情は余裕そのものではあるが、心の中で彼女が抱えている仕事が羅列される。

どう考えても楽な状態じゃないだろう。

……雛森って完璧超人を自称してるから、本当に何でもこなそうとするんだよな。

頑張り屋なところは認めるけど……雛森って直接手を貸されることを嫌がるんだよ。

『これは自分の仕事ですから』って。

入学式の受付みたいにやむを得ない状況になったら頼んでくるけど、基本は無理ばっか。

……俺も人のことは言えないけど。

「俺に手伝えることがあったら言ってくれ」

「ふふっ。お気遣いどうもです。ただ大丈夫かと」

「そっか。りょーかい」

俺は深入りせず返事をした。

言っても無駄なことは分かってるし、まぁいつも通り勝手にやればいいだろう。

そんなことを思っていると、雛森があたりをきょろきょろと見渡し始めた。

「どうかした？」

「大したことではないんですけど、今日は来栖《くるす》さんと一緒じゃないんですね」

「いつも一緒なわけじゃないよ。まぁよく勉強をしているのは事実だけどな」

「勉強、確かにしているイメージはありますね」

「だろ？　まぁ雛森も参加したことのある勉強会だよ」

「なるほど。では、多目的室を借りていたのは……ふむふむ。理解しましたよ（……これは逢引《あいび》きしてましたね？　と、なると……お弁当もきっと来栖さんで……来ましたよ！　すべてが繋《つな》がりました!!）」

ニヤニヤとする彼女に俺は嘆息する。

お弁当の件はあってるけど、それ以外は全く違う。

勘違いは解消しないと、面倒だからなぁ。

「絶対に雛森は勘違いしてるからな？　俺は――」

「皆まで言わなくていいですよ。私には分かっています」

「いや、だから」

「皆まで言わない」

俺の口に手をかざし、全てを悟ったような表情をする。

自分の勘違いを認めるつもりはないらしい。

まぁ、ちょっとしたからかいも入っているようだけど……。

「来栖とは会話の練習をしてたんだよ。転校してから大変そうだっただろ？」

「そういうことでしたか。だったら水臭いですね～。私を頼ればいいのに～」

「はいはい。これからは大いに期待してるよ」

「ふふっ。任せてください。でも、今の言葉で色々と納得しましたよ。来栖さんが鏑木さんに懐いているのも必然というわけです。どうりで、私と鏑木さんに対する好感度に差があるわけですよ」

「差っていうか。小動物って悪意に敏感って言うし、無意識に雛森を警戒してるんじゃないか？」

「なるほど。たしかに来栖さんは小動物的な可愛さが……って、なんか言葉に棘《とげ》を感じるんですけど？（むむ、一度鏑木さんとは真剣にお話しした方がいいような気がします）」

「棘しかないからな」

俺がそう言うと、頰《ほお》を膨らませた雛森がじとーっと無言の圧力をかけてくる。

それはそれで愛くるしい姿なのだが、なんとも逆らいがたい迫力に笑って誤魔化《ごまか》すしかなかった。

「ふんっ。鏑木さんが余裕でいられるのも今のうちですからね？」

「そうなのか？」

「鏑木さんほどではないですけど、私だって来栖さんに懐かれていますよ。色々と聞いて来ますしね。ふふっ。可愛らしいですね～（神様の件以来、凄《すご》く聞かれるんですよね……。全肯定で憧れの視線を向けてきますから……ハァハァ。ちょっと中毒です）」

これは本格的に引き離した方がいい気がしてきた……。

普通に心の声が引くレベルで怖いっていう……。けど、瑠璃菜には話す間柄の友達を増やして欲しいと思うから、悩みどころだよな。

一応、くぎを刺しておこう。

「……変なことを教えるなよ？」

「大丈夫ですよ！　同じ失敗はしませんからっ。ちゃんと鏑木さんレベルまで懐かれてみせます」

「懐かれるねー……けどさ、雛森から何を学ぼうとしてるんだ？」

「そうですねー。私がよく聞かれるのは立ち振る舞いでしょうか。女性らしい仕草とか、優雅さとか……私を選ぶところは見る目があります（他にも男性が喜ぶ行動とか、対人系の話が多いですが……まぁこれはわざわざ言う必要はないでしょう。小悪魔的な行動とか来栖さんが理解したら……ふっふっふ、鏑木さんの驚く顔が楽しみです）」

「ははっ。それは適任かもな」

まったく。碌《ろく》でもないことを教えてるっぽいな。人にどう見られるか意識するというのは、円滑に生き抜く上で必要だからいいと思うけど。

とりあえず、来栖が謎の行動をとりそうだったら、しっかりと注意しとかないとな。

俺がそんなことを考えていると、雛森は俺の顔をじっと見つめていて、何かを待っているようだった。

「ん？　どうかした？」

「ツッコミをしないんですか？『人選間違ってるだろ！』って」

「いやいや。人に自分を良く見せる対面技能だったら、雛森が一番だろ」

「鏑木さんで十分だと思いますよ」

「俺は雛森みたいに適切な距離とか、心理誘導みたいなことは出来ないからなー。表情から読み解くとか、仕草から察するなんて芸当は無理無理」

「そうですか？　私には出来ているように見えてますけど」

雛森は納得しないようで首をひねった。

まぁ、雛森からしたら俺は〝出来ているように見える〟もんな。

だけど実際、俺の場合は心の声を聞いて適切な行動を決めているだけだから、雛森みたいに観察眼に優れているわけではない。

心理に精通しているような知識は一切持ち合わせてはなくて、答えを見て回答するというズルをしているだけ……。

方法もくそもあったもんじゃない。

俺が来栖に伝えられるのは、こういう回答例があるっていうのを提示できる点だけだ。

俺個人でいえば、聞こえなければ何もできないし、不安が多い。

対して雛森が持っているのは、人間をよく観察して身につけた技能だ。

そこには――雲泥の差がある。

「鏑木さんって、ほんと素直に褒めるときが多いですよね。褒め上手だと思います」

「事実を事実と言っただけだよ」

「……もしかして好感度をあげて、口説こうとしてます？」

「彼女がいる身でそんなことをしないって」

「まぁそれもそうですね。そういう真面目なところは好感を持ちますよ（……簡単になびかれても困りますからね。攻略し甲斐《がい》がなくなってしまいます）」

「ありがとさん」

「……楽しそうにしてる。入っても大丈夫かな？」

俺が雛森にそう言ったタイミングで、教室の入口から綺麗《きれい》な声が聞こえてきた。

姿は確認できないけど、この声は瑠璃菜だろう。

『タイミングを見計らって』とか考えて、ずっとそこで待つ可能性があるから呼びに行くか。

俺は立ち上がり教室の入口を見に行く。

そこにはやはり瑠璃菜がいて、俺の登場に目を丸くした。

「……瑠璃菜も一緒に勉強するか？」

俺がそう聞くと花が咲いたように笑みを浮かべ、教室に入ってくる。

そのままの表情が続けばいいのだが、雛森が視界に入った途端にぎこちないものに変わってしまった。

【こんにちは。お邪魔します（……挨拶はしっかり。そして笑顔……）】

丁寧に頭を下げるが、表情は硬い。

微妙に笑えてると言えなくはないけど、かなり微妙なレベルだった。

「来栖さん、こんにちは。ぜひ、勉強をしましょう（……ふふ。勉強で使えるテクニックは教えましたからね。これは鏑木さんの反応が見れそうです）」

【頑張る（あ……そういえば雛森さんに教えてもらったこと……ちょっと頑張ろうかな）】

「……普通に勉強だからな」

【もちろん。今日は数学を持ってきた（律《りつ》に教えてもらいたいところがあったから、来てよかった……えへへ）】

「……おっけ。じゃあ、何かあったら言ってくれ」

可愛《かわい》い心の声で崩れそうになる表情を抑え、俺はそう言った。

瑠璃菜は頷《うなず》くと、俺の右隣に座って席をくっつけてニコリと笑う。

練習を重ねたお陰で、俺には問題ない表情を向けられるようになってるんだよなぁ。

進歩と言えば進歩だけど、俺の心へ突き刺さるのが声だけじゃなくなるのは……割と大変だ。

色々な意味で……。

俺が自分の気持ちに葛藤していると、瑠璃菜は勉強道具をせっせと並べてゆく。

だけどその途中で、筆箱を落としてしまい文房具が散らばってしまった。

（あ……落としちゃった。舞い上がってうっかり……）

「ふふっ。こちらは拾いますので、お二人はそちらを」

【ありがとう。雛森さん】

「いえいえ。頑張ってくださいね。来栖さん（さりげない準備。中々に策士ですね？）」

（……雛森さんがウインクしてる……これは前に言ってた作戦？　うん。じゃあ頑張ってみよう……）

……聞こえてるんだよなぁ。なんだよ作戦って？

俺は雛森の方に視線を移す。

すると彼女は、拾いながらこちらの様子を窺《うかが》っていた。

（いけっ！　来栖さん頑張れ〜！　手を伸ばしたらチャンスですっ。『消しゴムを拾おうとして手が触れて、〝これは運命？〟作戦』です。しかも、男性を下から見つめる構図ですから、これ以上ないくらい最高のシチュエーションですよ〜）

いつも通りの残念な心の声に俺は内心でため息をついた。

やっぱり変なことを教えてるじゃないか……。

まぁでも、習ったことを実践しようとする頑張りを無下にするのは、俺の心情的に……

無理だな。

行動には付き合って、変だったら言ってあげよう。

瑠璃菜の挑戦は最初がぎこちないものも多いし、だから問題ない。

そう思って、俺は思惑通りに消しゴムを拾おうと手を伸ばす。

当然、瑠璃菜は雛森から教わったことを思い返しているようで、その作戦が何度も聞こえてきていた。

そして想定通りに手が重なって——瑠璃菜は真っ赤に顔を染め上げた。

「…………わ、悪い」

予想とは違った彼女の態度に、俺は言葉を詰まらせた。

瑠璃菜は俺が謝ったことに首を振って、俺と重ねた手を見て嬉《うれ》しそうに微笑《ほほえ》んだ。

……いや、何……この可愛すぎる態度は……。

俺も動揺が強くなり、心なしか脈がどくんどくんと速く打っている気がしてくる。

そんな俺に追い打ちをかけるように、

（言われたこと……意識しちゃったら……恥ずかしい。でも、律の手は大きくて……あったかいね）

心の声が聞こえてきて、黙るしかなくなった。

その様子を机越しに見ていた雛森は、

「何……この生物……可愛すぎませんか？」

と言って、いつもの演技を忘れ、瑠璃菜の仕草に心を打たれているようだった。

「「…………」」

変な空気になり、みんなが黙ってしまう。

いいムードと言えばいいムードなんだろうけど、手を重ねる男女に、可愛さに悶《もだ》えて見入る女子。

若干、カオスな状況でどうすればいいか思考が追い付かなくなっていた。

「あー……ひょっとして修羅場な感じ」

冷めたような声が聞こえ、俺は現実へ引き戻された。

俺たちを見下ろす霧崎《きりさき》は、いつも以上に冷めているように見える。

「違うからな？　これはちょっとしたハプニングで」

「ふーん。へー……」

「何、『とうとうやっちゃったか』みたいな感じで見るなよ。全くそんなことはないからな!?」

「……そう？　日曜日の人が少ない時間帯に女の子とコソコソしていたら、誰でも怪しむと思うけど」

「あー……それはなんも言えないわ」

俺が瑠璃菜から手を離すと、名残惜しそうに見てくる。

けど、霧崎の存在に気が付くと俺みたいに落ち着いてきて、タブレットに書き始めた。

【涼音。こんにちは（今日は賑《にぎ》やかで嬉しいな）】

「うん。今日も元気そうだね。今から勉強??」

【律に数学を教えてもらう】

「律は数学得意だからね……？」

霧崎はきょとんとして首を傾《かし》げた。

「涼音ちゃん。遅い登場ですね？」

「まぁね。ちょっと用事があったから。瑠璃菜の隣いい？」

【ぜひぜひ】

「わ、私も数学をやろうかなーって（あれ？　来栖さん。私以外、皆さんを名前呼びしてませんか？　なんでしょう……私だけ、距離を感じるんですけど!!）」

【律。さっそく】

「おっけー。とりあえず最初から……霧崎？　どうした不思議そうに見て」

「別に……なんでもないよ」

そう言う霧崎の表情はどこか晴れないように見えたが、瑠璃菜が【涼音も一緒に】って話しかけると、いつも通りの澄ました表情に戻ったようだった。

「ちょっと来栖さんどうですか……その私も名前で呼ぶというのは？」

【ダメ（……まだ名前で呼ぶのは早いと思うの。馴《な》れ馴《な》れしくしてはダメって聞いたことがあるから）】

「力強く拒否!?　じゃあ、私が名前で呼ぶのは……」

【それもダメ（……気を遣わせちゃダメ。私のことも知ってもらって、そして仲良くなりたい）】

「～ぅ……拒絶が悲しいです。そんなに私と話したくないなんて」

【いっぱい話したい（……雛森さん。面白くて綺麗で……目標にしなきゃ）】

「ま、まさかの飴《あめ》と鞭《むち》戦術!?（感情の整理が追いつきません～！　急に優しくなったって……私はそんなにちょろくないんですからねっ!!）」

絶妙に会話が成り立っていない二人を見て、俺は思わず笑ってしまう。

たまには、こうやって過ごす日曜日の学校も悪くないのかもしれない。

◇◆恋バナとお弁当◆◇

「私たちはもっと女子力を磨く必要があるかと思います」

——昼休み。

俺たちは、散り始めた桜が見える位置でプチ花見をしていた。

花の隙間から葉が覗いていて、桜の醍醐味《だいごみ》は薄れてしまっているけど、春らしいのんびりとした雰囲気は健在で、それを堪能していたわけだが……雛森が急にそんなことを言い出したのだ。

「雛森。私たちって言うけど、俺は男だけど？」

「問題ありません。鏑木さんには男性代表として意見を述べてもらいます」

「……普通にのんびりご飯を食べたいのになぁ」

「諦めるしかないいんじゃない？　瑠璃菜と胡桃《くるみ》は興味津々みたいだし」

「マジかよ……」

苦笑いをしているのは俺と霧崎だけで、瑠璃菜と松井《まつい》は歓迎するように手をパチパチと叩《たた》いていた。

多数決をしたら負けるし……付き合うしかないか。

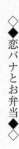

俺は嘆息しながらも、持ってきた弁当を開ける。

そしておかずから……。

「あ、箸を忘れた」

ボソッと呟《つぶや》いた俺の目の前に、スッと箸が置かれた。

【あげる（……持ってきてよかった）】

「さんきゅ。準備がいいなぁ」

【手を拭くこれもあるよ】

「ウエットティッシュまで？　準備が良すぎないか？」

【備えあれば憂いなし】

「いや、まぁその通りだけど……助かったよ。ありがとう」

【お弁当も予備がある（飲み物も用意してきた……）】

「流石《さすが》にやりすぎじゃないか⁉」

【偉い？（褒めてくれるかな？）】

鞄《かばん》の中がちらっと見えたけど、マジで弁当があるみたいだ。

それに飲み物も……引くレベルで準備が良すぎる。

当の本人は、じーっと俺の顔を見つめてきて、心なしか頭を俺の方に傾けて期待していた。

「偉いぞー。だけど、荷物が重くなるから適度にな」

【問題ない（頑張った甲斐《かい》があったね）】

そんな俺達のやりとりを残りの三人は、呆気《あっけ》にとられたように見ている。

だが、松井だけはすぐにニヤついた笑みを浮かべた。

「息ぴったりだねぇ〜。くーちゃん気が利くぅ〜」

【みんなの分もある（……いつもたくさん作り過ぎちゃうの）】

「本当に⁉⁉ 胡桃、ちょー食べたいよぉ〜」

松井は身を乗り出し、食い入るように弁当を見つめた。

瑠璃菜と松井は俺の知らないところで話すようになったらしい。まぁ松井のコミュ力なら仲良くなるのは納得だけど。

今みたいに昼の時間は、瑠璃菜の弁当を分けてもらうことが多いしね。

正直、貰《もら》いすぎだとは思うが……瑠璃菜は嫌がっていないし、俺も人のことは言えないからやめとけとは言えない立場である。

【これをどうぞ（……今日のは自信作。律にも食べて欲しくて持ってきたから）】

「くーちゃんのお弁当はいつも美味《おい》しそうだねぇ。もう食べていーい⁇」

瑠璃菜は卵焼きを指さして、ぎこちない笑みを浮かべた。

その様子を見た松井が「やったぁ～」と目を輝かせて口を開ける。

自分で食べればいいのに、来栖に食べさせてもらおうとしているようだ。

「ううん⁉⁉　こりぇはおいひぃ～‼」

【よく嚙《か》んで】

「ごっくんっと……美味美味。えーっと、くーちゃん……えへへ～もうひとつ欲しいなぁーって」

【たくさんあるから】

「ほんとに⁉⁉　やったぁぁああ～」

「瑠璃菜、食べさせ過ぎたら肥えるだけだからほどほどにね。胡桃は食べてばかりだから」

「だいじょーぶい！　胡桃は太らないタイプだよっ。好きなものをたくさん食べるのって幸せだよねぇ」

【好きなものを食べるの幸せ（……みんなと食べるともっと幸せ）】

「くーちゃん仲間だぁ。どんどん食べちゃうよ～」

【好きなだけどうぞ（……美味しそうに食べてもらえると嬉しい）】

「……ハハハ。いますよね、そういうタイプの人……（くっ……私なんて毎日、食べたものを記録してかなり気にしてますのに……羨ましいです）」

【カロリーオフの豆腐バーグある（……カロリー控えめで美味しくなるように作ったの）】

雛森は勧められるがままに咀嚼《そしやく》して、「美味しい」と呟くと瑠璃菜を見て悔しそうにした。

俺は雛森の肩を叩き、微笑《ほほえ》みかける。

「これが女子力だぞ、雛森」

「わ、私だって料理ぐらいできますけど……！（うっ……計算のない純粋な気遣いと健気《けなげ》な行動にダメージをくらってしまいます……）」

「元気出せって」

「憐《あわ》れむ視線をやめてくれませんか⁉」

少しからかいすぎたか、雛森は涙目になって頬《ほお》を膨らませた。

けど、咳《せき》ばらいをすると、いつも通りの余裕のある表情に戻る。

……ほんと切り替えの早さには尊敬するよ。

「でも、本当に美味しいですね～。流石は〝鏑木さん仕込み〟って感じです」

「りっくんが料理の先生なのぉ～？」

「まぁな。料理の勉強をしたいって言ってたから伝授したんだよ。努力したのは自分自身だから偉いよな」

【頑張りました】

「ですね！　素直に凄《すご》いと思います（拘《こだわ》りが強すぎる鏑木さんのメニューを覚えて、毎朝作るなんて偉いですよね……って素直に感心してないで私も頑張らないとじゃないですか！）」

【雛森さんありがとう（……もっと仲良くなって友達になれたらいいな）】

「いえいえ。私は事実を述べただけです（うぅ。相変わらず名前で呼んでくれないんですね……。心を開いてくれなくてもへこたれませんよ……いずれ呼ばせてみせますからっ！ここからはどちらが先に名前を呼ぶようになるかの勝負ですっ）」

雛森はすました顔をしているが、口の端がぴくりと動いていて内心では燃えていた。

気合いが十分なのはいいけど、内心が分かる俺からしたら微妙なすれ違いがおかしく思える。

別に瑠璃菜は仲良くしたくないわけじゃなくて、ただ『馴れ馴れしくしないように』と考えて慎重に行動しているだけだ。

だけどそれが雛森にとって悔しい結果になっているのだろう。

雛森が近づいて話しかければ、たいていの人は心を開くしね。

俺がそんな二人のすれ違いを眺めていたら、隣に来た霧崎が座って耳打ちをしてきた。

「ねぇ。律はいつ教えたの？」

「放課後だよ。困ってる人を助けるのを信条としてるからな」

「そっか。けど、深入りは気をつけてよね。仲良くなるのはいいけど、彼女がいるなんて知ったら傷つくよ。あの子はどこか繊細なところがあると思うから」

「霧崎はよく見てるなぁ。心配ありがと」

俺がそう言うと呆《あき》れたような顔をして大きなため息をついた。

「はぁぁ。人が心配してあげてるのに」

「そこは話してるし問題ないよ」

「え……じゃあ瑠璃菜は知ってるってこと？」

「まぁな。だから、今はいい友人になってきたってところかな」

「ふーん。ならいいけど」

「まぁまだまだ。目が離せない感じだから、気を付けとくよ」

霧崎は「そうして」と短く言って、しばらくは何か言いたげな表情をしていた。

その様子が気になり、集中して耳を傾けるが主張が少ない彼女からはハッキリと聞こえてはこない。

でもそんな中、微《かす》かに聞こえたのは、『何してるんだろうね、私』という自嘲気味の言葉だった。

「なぁ霧崎――」

「せっかく桜というシチュエーションですし、恋バナしませんか⁉」

霧崎に「何か悩みがあるんじゃないか？」と聞こうとしたタイミングで、雛森が割って入ってきた。

……どんだけ恋バナが好きなんだよ。

俺は苦笑して、横目で霧崎を見る。

呆れ顔をする霧崎にさっきのような表情はなくなっていた。

「私は嫌だけど……。なんで話したいの？」

「経験は力です。他の方の話を聞くことで、同じ轍《てつ》を踏まないようにできますからね。鏑木さんもいますから男性側の意見も参考になりますし、来栖さんも聞きたいですよね⁉」

【興味ある（みんな、私と違って色々知ってそうだから聞きたい。私は経験不足だから……）】

「じゃあ決まりですねっ」

「……俺に聞く前に決めるなよ。ってか前も俺に聞いてるし、話すことなくなるぞ？」

「あの時とはメンバーが違うので、いいじゃないですか〜。何度話しても飽きませんし、こういうやりとりが青春の象徴です。そして、青春とくれば恋愛ですからねっ！（ふっふっふ……。みんなからの情報を集めてデータを更新しましょう。うまく立ち回るために情報収集は欠かせませんからね）」

鼻息荒く語り始めて、目を輝かせた。

相変わらず心の中では、自分を生かすことに対しての余念がないことが伝わってくる。

話題が変わったことで霧崎に聞くタイミングを逃した感は否めないが……。

後で、しっかりと聞いておこう。困ってるなら力になりたいしな。

「恋バナなら、さくらが一番話せそうじゃない？　この前も告白されてたでしょ」

「そうですね。ただ、今回もお断りしました」

「ひなっちは男の子が好きじゃないもんね？」

【女の子好き？】

「ちょっと、その言い方は語弊があります」

【男の子好き？】

「そうです。って答えたいところですが、来栖さんの問いに私が答えたら、ものすごく曲解されてしまいそうなので黙秘します」

【なるほど（……恋愛は色々。好みも色々なんだね。うん、理解）】

瑠璃菜は頷《うなず》いて、メモ帳に『答えられないものが好き』と書いていた。

言わなくても曲解されていることに雛森は気づいていないようで、松井の言っていたことについて話し始めた。

「私は、男性の邪《よこしま》な視線が苦手なだけです」

【邪な？（怖い目つきかな？）】

「そうですね。言い方を濁すのであれば『あわよくば……』みたいな考えが透けているようで、それが嫌なんですよ」

【あわよくば？】

「もうっ。涼音ちゃん助けてくださいー。言葉選びが難しいです～」

「すぐ、私に頼らないでよ」

みんなが答えてくれないことに困った瑠璃菜は視線を俺へと移す。

……めっちゃ話して欲しそうにしてるけどさ。

俺も普通に言い辛《づら》いんだが……。

困っていると、隣に座る霧崎が仕方ないと肩をすくめて、

「男子高校生なんて性欲の塊だから。欲が溢《あふ》れてたりすんのー。だから、瑠璃菜も気を付

けてね」

と、言葉を選ばずにストレートに答えた。

瑠璃菜は頬をほんのりと赤く染め、こくりと頷いた。

……流石《さすが》は霧崎だな。堂々としてるよ。

「ほんとそういうの嫌ですよね。『彼女が欲しい』が先行して、次々と告白する人も出てきますし……」

「あー、それは見たことあるかも。移り気が多いのって信用できなそうだし嫌ね」

「そういう人って浮気しそうです……。下心に気づかないと思っているんですかねー」

「顔から視線が下に動くとか分かりやすいかな。どこ見てるかとかね」

「ですねー。やだやだ」

「…………」

黙るしかなかった。

君ら、ここに男子がいることを忘れてないか？

俺としては居た堪《たま》れない気分になるんだが……。

ってか、男側の立場に立って言い訳をさせてもらうと視線が動くのは本能的なものに近い。

無意識に誘導されてしまうしね……まぁ百パーセント言い訳だけど。

これからは気を付けておこう………。

「来栖さんの話って聞いたことないですけど」

【何でも聞いて（答えられることあるかな？）】

「恋愛事情とか、何か理想ってあります？」

聞き役に徹していた瑠璃菜に雛森が質問を投げかけた。

恋愛事情か。本人には聞いたことないけど、きっととてつもなく明後日《あさって》な方向に傾いている気がするなぁ。

それはそれで気になるけど。

瑠璃菜は悩んだ素振りを少し見せて、それからタブレットに書き見せてきた。

【友達↓親友↓マブダチ↓恋人未満↓恋人（……何事も積み重ねが大事だね）】

「なんですかそのステップ⁉」

【何事も慎重に】

「慎重すぎると思いますけど……（中々、恋人の関係にはならなそうですね。いえ、敢《あ》えて焦《じ》らしているという可能性も……そうだとしたらかなりの策士に……やりますね）」

感心する雛森を見て、瑠璃菜は首を傾《かし》げてきょとんとした。

本人は大真面目だからな。まぁ流石にそのステップは長すぎると思うけど。

途中で入る『マブダチ』の基準も分からないし。

雛森は次に俺を見てきた。

「鏑木さんはどうです？」

「俺も積み重ねが大事だとは思っているかな。彼女一筋ってことで」

「あーはいはい。惚気《のろけ》話は結構です」

「ったく。じゃあ聞くなよ」

男性枠としてカウントされていたのにあっさりと話を流されてしまった。

いやいや、流石に興味がなさすぎだろ。

何を聞かれてもいいように設定を考えてるんだからさ。

「じゃあ最後に涼音ちゃんに話を聞きましょう」

「私は別に今はいいかなーって感じ」

「むむっ。その反応は失恋でもしました？」

「想像にお任せで」

「え〜答えてくださいよ（これは何かありましたね？　たしか、鏑木さんと中学時代から
……もしかして何か知っているかもしれません。ふふっ。これは情報を聞き出さないと）」

「い、や、だ」

霧崎の肩を揺らし、雛森は何とか答えてもらおうとしている。

聞きたいのは分かるけど……それはやめておいた方が。

しょうがない止めに入ろう。

そう思って行動しようとしたら、弁当を食べていた松井が霧崎の胸に飛び込んで会話を遮った。

「ど～んっ！　ねぇねぇ～次は体育だから準備しに行こうよ～」

「ちょっと……そんなにくっつかないで」

「えーだってぇ、きりねぇって程よくていいんだもーん」

「…………」

目の前の光景を見ていたい気持ちを抑え、俺は視線を逸《そ》らした。

決して、霧崎からの射殺すような鋭い視線にびびったわけではない。

「……胡桃。少しあっちで話をしない？」

「ふぇ⁉　きりねぇ顔が怖いよ⁉⁉　すっごく怖くて鬼みたい！」

「……そうね。鬼かもねー」

この後、連れていかれた松井の「みぎゃぁぁ」という悲しい悲鳴が響いた。

うんうん。今日もつつがなく平和らしい。

◇◆君の声が聞こえる◆◇

週末、俺は珍しく一人で登校していた。

いつもだったら霧崎と話しながらだけど、今日は来ていない。

まぁ別に待ち合わせをしているわけではないから、気にする必要はないのかもしれないけど、習慣となっていたことがなくなると、どこか暗い気持ちになってしまう。

いつもより早く職員室の前に来たところで、丁度ドアが開き担任の先生が出てきた。

「先生。おはようございます」

「あ、鏑木。ちょうどいいところに（困ったときの鏑木様だ〜）」

「どうかしましたか？」

先生に呼び止められ、俺は足を止める。

てか、鏑木様って……。

まぁ、便利屋扱いされているのは知ってるけどさ。

俺は笑顔を作って先生と向き合った。

「鏑木って霧崎と仲がいいよな？」

「そうですね。仲はいいと思いますが、何かありましたか？」

「まだ履修登録も、進路調査も出さないんだよ」

「……そうなんですか？」

俺は思わず聞き返してしまった。

見た目に反してかなり真面目な性格をしている霧崎は言われたことは守るし、提出物を出さなかったところは見たことがない。

でも、『進路調査』と聞いて、俺の中で彼女と出会った時のことが思い出されていた。

すぐに諦めて、あるがままを受け止めて自分の気持ちを出さなかった彼女のことを。

……解決してなかったのか、進路のこと。

思い返してみると、最近の彼女には悩んでいる様子があった気がする。

だけど、彼女の心の声はうまく拾えない。

……心の声は主張の声。

伝えたい、文句を言いたい。

普通だったらそういう感情の動きは誰しもあって、それを俺は拾うわけだ。

でも霧崎はそれが極端に少ない。

諦めて捨ててしまうことがほとんどだから……。

先生は困ったように眉を寄せてため息をついた。

「そうなんだよ。一年時の最後も出さなかったんだが……何か聞いてないか？」

「すいません。何も聞いていません」

「そっか……」

「けど、僕から連絡を取ってみます。来週までにあれば間に合いますか？」

「そうだな。それなら大丈夫だが」

「了解です」

俺は先生に頭を下げて、その場を去った。

そしてすぐに霧崎に連絡を送る。

けれど、すぐに〝既読〟がつくことはなかった。

俺は何度もスマホを確認するが、一向に連絡は来ない。

焦燥感が俺を煽《あお》り、放課後となった頃——スマホが震えた。

『地元で会える？』

俺のスマホにそうメッセージが入っていた。

荷物をまとめて、すぐに学校を出たのだった。

◇◇◇

一年半ぶりの地元。

変わっていない風景を懐かしむことはない。

苦い思い出も多くて、この場所から消えたわけだ。

だから俺はわき目も振らず、霧崎がいるであろう場所に急いだ。

思い当たる場所なんて、そんなにない。

霧崎ととなれば一つしか思いつかなかった。

「……ここしかないよな」

駅から離れた寂れた公園。

ちょっとした林道を上がるとあって、人が来ないのが納得できるぐらい荒れている。

そこに着いたら、見覚えのある人物がブランコに座り、空を眺めていた。

俺が近づくと気が付いて振り向き、笑みを浮かべた。

「やっほ。律」

「やっほってお前なぁ。サボりかよ……」

「まぁーね」

悪びれる様子もなく言う彼女はどこか嬉《うれ》しそうにしている。

その証拠は心の声にも表れていて、普段は聞こえない彼女から『来てくれて嬉しい』という感情が溢《あふ》れていた。

「地元ってだけで、よくここだって分かったね」

「俺と霧崎が関係ある場所って、ここか塾ぐらいだろー」

「じゃあ、塾に行ったんだ」

「行かないよ。人が多いところ嫌いだろ？　俺も霧崎も」

「あははっ。そうだね。その通り……よく分かってるじゃん」

嬉しそうに、だけどどこか寂しそうに霧崎は笑った。

元気なさそうな姿を見ると、昔の彼女を思い出す。

進路に悩んで、自分の道を決めかねていた彼女を……。

俺は、先生から預かった紙を出して霧崎の膝の上に置いた。

「霧崎、進路の希望を出してなかったんだって？」

「バレちゃったんだ。ちなみにまだ履修の登録もしてないかな。ギリギリでしょ？」

「誇れることじゃないからなー？　てか、悩みがあるなら言ってくれよ。遠慮する仲でもないだろ」

「……確かにそうかもね。律とは、この学校で一番付き合いが長くて、よく分かっているつもり……でも全然、知らなかったなー」

天を仰ぎ、自嘲的な態度を見せてくる。

こちらを見ずに、ずっと空を眺めていた。

「私と律の関係ってなんだろうね。友達？　相棒？　親友？　それとも……何？」

「どうしたんだよ、急に」

「どれなのかなーって思って。私は少なくとも気兼ねなく何でも話せる相手って思っていたから。だから律。ひとつだけハッキリさせときたいことがあるんだけど」

「うん？」

「――彼女がいるって嘘《うそ》なんでしょ」

「……ん？」

霧崎から言われた言葉に動揺して、俺は言葉を詰まらせた。

そんな俺の態度で確信したのだろう。

彼女は大きく息を吐いて、むすっとして俺の顔を見つめてくる。

どこで気づかれた……。思い当たる節がない。

そんな俺の疑問に答えるように、不機嫌そうな態度を隠すこともなく話し始めた。

「瑠璃菜の態度を見てれば分かるよ」

「態度？」

「瑠璃菜ってものすごく相手に気を遣うでしょ？　そんな子がいくら友達だからって、ここまで距離が近いままでいるわけがないじゃん。彼女がいることを知っていたなら、自分から距離を置こうとするよ。瑠璃菜だったらね」

霧崎の言う通りだった。

俺に彼女がいるという噂《うわさ》を知った彼女は、全力で距離をとろうとした。

自分のことより相手を優先して気を遣って……。霧崎は瑠璃菜のそんな性格を接するうちに理解したんだろう。

だからこそ、最近の彼女の態度に疑問を持って、そして――確信に至ったわけだ。

「……話してくれても良かったと思わない？　それが寂しいなーって」

「嘘ついて悪かった……」

「別にいいよ。それで幻滅なんてしないし、彼女がいることにして一線を引こうとする律の性格は分かってるつもりだから」

「ハハハ……ぐうの音も出ないな」

「それで、本当の彼女を作るつもりはないの？」

「ないよ。そういう気は一切。トラブルは勘弁だから」

「じゃあ律って付き合うつもりはないのに、なんで突き放さないのかな？」

その質問に俺の動悸《どうき》は激しくなる。

嘘をつくことができなくて、俺は正直に答えた。

「……居心地がいいんだよ。霧崎の空気感が……」

彼女からは普段、心の声が聞こえてこない。

それは性格故の部分が大きいが、俺からしたらそれが嬉しくて有り難かった。

二重に声が聞こえることがなくて、どこか一歩引いている彼女との距離感が……過ごしやすかったのだ。

でもこれは……自分勝手な思いなのかもしれない。

「そっか。私は律の居場所になってたんだね」

霧崎は少しだけ嬉しそうに言って、ブランコを小さく揺らした。

「覚えてる？　話すようになった時のこと」

「覚えてるよ。勿論《もちろん》」

「あはは。よかった。懐かしいよね〜ここ。花火を見たのがずっと前に思えちゃう」

「ああ、そうだったな」

（……もう捨てたと思ってたのに。こんな気持ち）

そんな心の声が聞こえてくる。

俺と霧崎は夜空を見上げて、昔のことを懐かしむようにあの頃を思い返して話し始めた。

第五章

過去の話「自分をくれたあなたへ」

◇◆塾に来ない噂の一位◆◇

中学三年生の夏休み。

夏休みという単語を聞けば、普通は心が躍るのかもしれない。

友達と遊んで、趣味に時間を費やして思い出作り……なんてことを考えるのがごくごく当たり前。

ただ、それは何もない時の話で、中学三年生になると、どうしても『受験』という言葉が頭の中でチラついてしまう。

親にもその意識はあるようで、私の生活はいつの間にか塾に通うことで埋め尽くされていた。思い出に残るなんてこともなく、ただ受験生として過ごす日々。

だから今日も、私は朝早くから塾に向かって歩いている。

塾の無駄に重たい教材や、自習用の教材を持っていると、

「ほんと暑いし、それに重たい」

燦々《さんさん》と照りつけてくる太陽の中、汗をにじませながら足を進めてゆく。長く伸びた髪のせいで余計に暑くなる気がして、私は髪を後ろで束ねた。ただ、歩く度に揺れる髪が首の下に擦《こす》れ、それが少し鬱陶しく感じてしまう。

「今日も朝から授業。そして後は自習かな……夏休みって退屈」

そんな愚痴が私の口から漏れ出てしまう。

けど、無理もない。代わり映えのないただ勉強だけの毎日を過ごしていれば誰でも一言ぐらい言いたくなるものだ。

でも、『受験生だから仕方ない』とある種の常套句《じょうとうく》を口にして、ため息をつくと私は即座に頭を切り替えた。

「涼音《すずね》おはよう！　今日も早くから偉いなぁ～!!」

塾に着くと先生から演技じみた挨拶をされ、私は「先生。おはようございます」と丁寧に挨拶を返してから教室に入った。

――この塾を選んだ理由はない。

親が選んだ地元の有名な塾。ただ、それだけ。

そこに私の意思は何もない。

そもそも中学生なんて、親が決めたレールから外れると不利益を受けるし、無理矢理《むりやり》に反発して逆らうのなら、家を出るしかない。

でも、身一つで飛び出す勇気もなければ、やりたいことも特にない。

一人で生きられるぐらい何か秀でたものがあればいいけど、残念ながら自分にそんな才能はなかった。

なんでもそつなくこなすけど、一流にはなれない。

見た目はマシな方ではあるけど、チヤホヤされるようなものではない。

どちらかと言えば「あいつも可愛《かわい》いよね」と、二番手以降に褒められるぐらいの容姿だ。

成績だって、塾や学校では良くても全国模試では『良い方』ってだけ。

所詮は狭い地域にいる井《い》の中《なか》の蛙《かわず》で、すべてにおいて器用貧乏と言ってもいいかもしれない。

でも、そんな自分に不満はない。

事実は事実。持って生まれたものはそのまま受け入れればいいだけ。

冷めた考えかもしれないけど、何事も分相応に。それでいいと思っている。

だって——手を伸ばしても無理なものは無理って理解しているから。

持って生まれた才能。猫がライオンに勝てないように、最初から備わっている素質である程度の未来は決まってしまう。

努力は抗《あらが》う為《ため》の術《すべ》で、努力し続けるのもある意味才能かもしれない。

でもそれはただ抗って延命しているだけに過ぎず、私にできるのはそれだけってこと。

自分には何かを勝ち取る力はない。

それを私は知っていた。

だから、私は今日も過度な期待はせずに与えられた環境で、言われた通りに過ごしている。

――授業が終わると、教室の中は途端に煩《うるさ》くなった。

楽しそうに話をする人、先生に何か質問をする人……などなど。

だけど、私はそんな輪に混ざることはない。

寧《むし》ろ必要以上に関わるのが面倒で億劫《おっくう》だったから、基本ヘッドフォンをしてから自習室にすぐ向かうことにしている。

ヘッドフォンは、謂《い》わば拒絶のアイテム。

「私に話しかけるな」という気持ちを暗に伝えることができる魔法の道具だ。これには面白いぐらい効果があって、無視したい時も「音楽聞いているから聞こえないのか。仕方ない」と納得してもらえる。

勉強中もこれを付けていれば、誰も話しかけてくることはない。

塾は勉強をする場所。それ以外は考える必要はないし、他に気を割かれれば、延命しているだけのものがあっさり手から零《こぼ》れ落ちてしまう。

そうなれば、親から面倒なことを言われるかもしれない。

『もっと勉強しなさい』

『もっと頑張りなさい』

『将来のために必要だからやりなさい』

『勉強は必要だから』

決まりきったテンプレートな言葉の羅列。

将来？　必要だから？　やりたいこともないのに言われても何も響かない。でも、反論しても「中学生なんだから」と言われるだけだ。

変に反発したって得はない。それが分かってるから親の決定に「はい。わかりました。頑張るね」と笑顔で言うだけ。

——意味のないことはしない。

言っても無駄なことは、希望を持たず考えない方がいい。

親に勧められた道を目指して向かうだけ。

志望校もオススメと言われたから。

勉強をして一位をとるのも、文句を言われないようにやっていたことによって起きた副反応みたいなものである。

でも、副反応も習慣化してゆくと愛着が湧くもので、何もない私だけど校舎内で一位をとることにプライドができつつあった。

あくまで校舎内。全国ではない。

けど、一位は一位。

しかし、そんな小さなプライドは……突然、終わりを告げた。

――校内順位：一位（鏑木律《かぶらぎりつ》）二位（霧崎涼音《きりさき》）

「ねぇねぇ、あの人でしょ！　今回、一位だった人って」

一位をとられた数日後、そんな声が教室の端にいる私の耳に届く。

主に女子達の黄色い声で塾がざわついていた。

なんでも、オンラインでしか参加していなかった噂《うわさ》の一位が初めて来たとかで。

中には、「結構かっこよくない？」と話している人たちもいた。

「……どんな奴《やつ》なの？」

正直、私も気になっていた。

それは決して、彼の容姿が気になったのではない。

私がずっとキープしていたちっぽけなプライド。校内一位の成績をあっさりと抜いた奴の顔をひと目見ておきたいと思ったからだ。

彼が来た時に、私は横目で顔を見る。

「……へー、なんかうさんくさい」

彼に対する印象はこうだった。

ずっとオンラインで授業を受けていたから内向的な人物かと思っていたけど、無駄に素敵な笑顔でさわやかだし、気遣いもできて嫌みもない。

初めて来たとは思えないほど浮いた感じはしないし、私と違って友好的で寧《むし》ろ周りと馴《な》染《じ》めている。

見た目と性格に非の打ち所がない……そんな印象に思えた。

だけど、

「変な親近感……？　わかんないけど」

なんで⁇

彼を見ていると、どうしても違和感を覚えるし、何故《なぜ》だか自分と似た雰囲気があるように思えてしまう。

あまりに対応が適切すぎて。理想の対応すぎて。

『中学生男子にこんな人いるの？』ってそう思えるほどに違和感がある。

……変な考え方かもしれない。気になる理由が、完璧なところに対する嫉妬かもしれないけど……私には、そう思えた。

「まぁでもどうでもいいね、そんなの」

関わることもない、どうせ。

自分から話すのも嫌だし、いつも通りシャットアウト。

私は、そう思ってヘッドフォンをつけた。

そして、今日もいつも通り授業が終わり、私はお気に入りの自習の席に向かう。

窓際で部屋の一番奥の端っこ、そこが誰にも邪魔されない所だ。

私はそこに陣取っていて、知っている人はそこを使わない。

怖い怖い私と関わりたくないから、誰もそこには来ないのだ。

その筈《はず》なのに——今日は先客がいた。

……油断した。私のお気に入りの場所が……まさか使われてたなんて。

しかも、鏑木君に…………まぁ仕方ないね。

私が自習室を諦めて立ち去ろうとすると、不意に声を掛けられた。

「ごめん。ここ君の場所だった？」

これが私と彼の初めて交わした言葉だった。

「自分の場所とかはないから。お好きにどうぞ」

私はそう言って、その場を去ろうとした。

ここで勉強できないなら図書館？

けど、十七時には閉まるから他も考える必要があるかな。

そんなことを考えていると、彼は荷物をまとめて立ち上がった。

「ごめんごめん。俺はここを退《ど》くよ。君の特等席みたいだし」

「別に、そんなんじゃないけど」

「そう？　あ、でもさ。いつもの場所じゃないと落ち着かないとかあるだろ？　だから、俺は他の場所に行くよ。知らなくてごめんね」

「ん。ありがと」

申し訳なさそうに謝る彼の気遣いを私は甘んじて受け入れることにした。

押し問答を続けるのも嫌だし、何より必要以上に関わりたくはないから。

でも、後から来たのに我が物顔で使うのは、少なからず罪悪感があった。

だからと言って、どうにかできるわけでもない。

私が悩んでいると、

「ここ以外でどこか自習にいい場所を知らないかな？」

彼が屈託のない笑みを浮かべ、私に訊《たず》ねてきた。

「いい場所？　自習なんてどこも変わらないと思うんだけど」

「いやいや。後ろを人があまり通らないとかあるでしょ？　なるべく静かで、人が少ない場所を探してるんだ」

「人が少ない場所？　それってどんな所のことを言ってるの？」

「そうだね〜。例えば耳栓とかしなくても問題なくて、人通りが少なくて、それから誰にも邪魔されないような……そんな場所とかある？」

「ふーん。じゃあ、あっちの方とかオススメ」

彼の要望に当《あ》て嵌《は》まる唯一の場所を私は指差した。

「えー……あっちって外じゃない？」

「裏手に真《ま》っ直《す》ぐ行けば竹林があるよ。多分、静かじゃない？　たまに行くし」

「真夏に外へ出たくないんだけど……」

「竹林の近くにはクヌギの木もあるから」

「俺はカブトムシじゃねーよ」

「最近、雨が結構降ってたからいいんじゃない？」

「なるほど。確かに樹液がたっぷりになって……っておい」

私が適当なことを言うと、彼は意外にも乗ってきて思わず「ぷっ」と吹いてしまった。

そんな自分の表情を見られたのが嫌で、私は咳払《せきばら》いをする。

……話をする気なんてないはずなのに、何やってるんだろ。

「とりあえず……自習室だから、それなりに人はいるよ。まぁ教室に残ってやってる人が大半だけどね。人がそんなにいない場所なんて基本ない」

「そっかぁ。それは残念……」

「家でしないの？　いつもオンラインだったらその方が気楽じゃない」

「そうしたいのは山々なんだけど。最近、家だと集中できなくて……」

鏑木君は、眉を寄せ困ったような顔をした。

……これは演技っぽくない。

私の思い過ごしかもしれないけど、ほんと謎。

でも、ちょっとだけ興味が湧いた。

そう心に芽生えた衝動が、彼に対しての興味を掻《か》き立《た》ててくる。

一位を掻《か》っ攫《さら》った鏑木律がどういう人物なのか？

『オンラインでのテストだから、本当はズルをしている』という噂は本当なのか？

「隣に座れば？　私は煩《うるさ》くすることないし」

私がそう提案すると、彼は目を丸くして「いいのかな？」と聞き返してきた。

「別に誰の許可がいるわけでもないし、好きにすればいいと思う。ただ私の邪魔はしないで」

「ありがとう！　これでも成績がいい方だから、分からないことがあったら遠慮なく聞いてよ。出来る限り力になるからさ」

「……私はこれでも二位なんだけど？」

「え……あ、そうなの？　ってことは、霧崎さん⁉」

「そー」

名前は認知してたみたいだけど、それ以外は本当に分かってなかったみたい。

「いやぁ。まだ塾に来て間もないから、分からなかったなぁ……」

「ふーん。自分より下の順位は眼中にないと」

「アハハ……そんなつもりはないんだけど。えっと、霧崎さん気が回らなくてごめんね」

……張り付いた愛想笑い。

気を遣って上手《うま》くやり過ごそうという魂胆が見え見えに思えた。

それで気がつくと、

「鏑木君だっけ。そういう態度、私の前ではやめてくれない。『こうした方がいい』みたいな気の遣われ方は面倒だし、気分が悪いから」

そう口にしていた。

「……えっと」と鏑木君は黙ってしまう。

それからまた、作ったような綺麗《きれい》な笑みを浮かべた。

……どうしてそう思うんだろう？

普段から一歩引いて、冷めている私だからそう見えるの？

もしくは、一位をとられたことに苛立《いらだ》っていたから八つ当たりしたいだけ？

理由は分からないけど、私はいつものように感じたことをそのまま口にしていた。

思ったことがそのまま口に出てしまう。これは私の悪い癖。

——まぁ仕方ないけど。

癖を少しだけ後悔していたら、そんな私を見て彼は何故だか嬉《うれ》しそうに笑ってみせた。

「笑顔って処世術だと思ったんだけど……違った？」

「同感。ただ、私は面倒だからしないけど」

「面倒って、それだと苦労しない？」

「演技した方が苦労するでしょ。気疲れご愁傷様」

冷たい女だとか、そう思われても別になんとも思わない。

事実は事実。それは変えようがないから。

酷《ひど》い態度を見せたのに……彼は相変わらず笑っている。

「とりあえず今日は隣で勉強させてもらおうかな」

「ご勝手に」

「明日もいい？」

「断るのが面倒だから好きにすればいいんじゃない？」

「あはは。冷めてるなぁ」

「褒め言葉をありがと」

その日はこの後、特に会話をしていない。

塾の終わり時間まで勉強して、軽く挨拶して解散しただけ。

だけど、この日から塾での勉強が少しだけ楽しみになった私がいた。

◇◆話すようになって分かったこと◆◇

夏期講習も数日が過ぎ、八月も一週目の今日この頃。

「本当に毎日いるんだ」

「それはお互い様だろ？」

「それもそうね」

今みたいに鏑木君と軽い挨拶を交わしてから自習をする——そんな日々が続いていた。

何度も接している内にお互いに遠慮はなくなってきて、鏑木君も最近では今みたいな砕けた喋《しゃべ》り方《かた》になっている。

「他の子達に話すような喋り方はしないの？　あの似非《えせ》優男みたいなの胡散臭《うさんくさ》くて面白かったんだけど」

「しないよ。意味のないところで労力を使うのはバカだろ。そこは省エネってことで」

「私が誰かに話すかもしれないのに？」

「霧崎はボッチだからその心配はないな」

「関わる必要を感じないから一人でいるだけだけど？」

「それを世間的にはボッチって言うんだよ。つーか霧崎は、言いふらすような面倒なことしないだろー」

「そうね。自分になんもメリットがないし」

「相変わらず冷めた返答」

「それはどうも」

私は素っ気なく答えて、参考書に視線を落とす。

鏑木君とはこうやって少し会話をしてから、勉強をするというやりとりを繰り返していた。

静かな自習室に響くのは、ペンの音、それから消しゴムを使ったときに机が揺れ、壁にぶつかる音ぐらいだ。私と鏑木君がここで勉強するようになって以来、ほかの人たちは全くと言っていいほど来なくなっている。

理由は定かではないけれど、近寄り難い私に加え、成績トップ同士が勉強をする環境に入り辛《づら》いというのはあるみたい。

だから、見ようによっては鏑木君を独占しているように思えるらしく、最近は私に対する女子の視線が冷たい時がある。

まぁ……だからと言って私が遠慮してここを譲るってことはないんだけど。

私は再び問題を解き始める。

それから一時間ほど経《た》ってから、自習室の外で大きな笑い声が聞こえてきた。

ヘッドフォン越しにも聞こえるぐらいな盛り上がりに、私は煩いなぁと思いつつも、無視してペンを走らせる。ただ、私の横から大きなため息が聞こえてきた。

「……気になるなら耳栓でもしたら？」

「一応してるんだけど響くんだよ……二重音声じゃないだけマシだけど」

「二重音声？」

「あー……まぁほら騒音って気になりだすとよく聞こえるように感じるみたいな」

「ふーん」

鏑木君は頰《ほお》を掻きながら「あはは……」と曖昧な笑みを浮かべた。

「受験シーズンなのに教室は賑《にぎ》やかだよなぁ」

「そうね。塾に来てるのに勿体《もったい》ない……親の金なのにね。塾なんて勉強する以外に求めるものはないんだから」

「そうか？　勉強以外に付加価値を求めてたりはあると思うぞ」

「付加価値？」

「あくまで個人の意見だけど、やる気を維持するのに仲間の存在が大事とか。支え合うことで辛い勉強も耐えることができる。つまり、同じ目標を持つ人がいれば、多少なりとも精神的な安定は作れるからな」

「やけに詳しいねー？　もしかして……年齢の鯖《さば》を読んでたりする？」

「しねーって。詳しいのはただの一般論だ」

「ふーん。仲間意識なんて私には理解出来ないかなーって感じ」

勉強なんて所詮は一人でやるもの。

そこに仲間とか、馴《な》れ合《あ》いはいらないし、時間の無駄。

私はそう思うけど、鏑木君は違うようで、しきりに声のする方を気にしていた。

「ねぇ。鏑木君はああいう輪に入りたいの？」

「……えー」

「うわ……心底嫌そうな顔。じゃあなんで気にしてんのー。無視しとけばいいじゃん。視界に入れないようにして、気にならなければいないのと変わんないんだし」

「ハハハ……冷めてんなー」

「お褒めの言葉をどうも。だから、どうして鏑木君がわざわざ話しに行ったり、無駄なことしてるか分からないんだよね」

私がそう言うと、彼は痛いところをつかれたみたいに苦い顔をして曖昧に笑みを浮かべた。

「飛び火とか嫌じゃない？　巻き込まれないように気を付けてるんだよ」

「私からしたら火中の栗《くり》を拾うようにしか見えないんだけど？」

「まぁそう思えるよなぁ。けど、俺からしたらこれが最善策なんだよ」

「へー私には分からないかな。鏑木君って私には冷めた物言いだけど、実際は他の人と関わって、面倒だって分かっているのに矛盾してるよね」

話していて分かるのが、鏑木君は人付き合いが好きそうには思えない。

無理なものは無理。苦手は苦手。

そう割り切って生活すればいいのに、自分の嫌なことをわざわざしに行く理由が私には分からなかった。

……変に苦労を背負って馬鹿みたいじゃん。

そんな私の考えが伝わったのか、彼は椅子の背にもたれかかるようにして、ため息をついた。

「……誰かがやらなきゃいけないならやればいい。そう思ってるだけだよ」

「何それ？」

「みんながみんな拒否してたら、過ごす環境に大きな溝が出来るだろ？　必要なら関わるし、全てを拒絶するよりは調和を重んじるんだよ。上手くいけばみんながハッピー」

少しおちゃらけた口調でそう言って肩をすくめる。

「まぁ人付き合いなんて気苦労絶えないし、面倒なことが多いけど。意味がないなんて決める必要はないだろ？」

「……それは理解できるけど」

「過ごしやすい環境を作るためには、多少の我慢は必要ってことだよ。だから霧崎も少しぐらいは、歩み寄ってもいいと思うぞ。生きていく限り、他人と関わらないなんてことは不可能なんだからさ」

「………………」

「人生、何があるか分からないし、今後にこの経験が役立つかもしれない。一期一会のように、一回性の出会いをこよなく大切にするのがいいと思うんだ。だからこそ、区切り区切りの生活は大切にって思うかな。いくら俺が冷めていても、前面に出して得なことって少ないだろ？」

黙って聞く私に、彼は語りかけてくる。

同じ中学生なのに饒舌《じょうぜつ》で、そしてその語り口には妙な説得力があって……まるで悩みや気持ちを経験してきたように思えてしまう。

お陰で言いたいことは理解できた……。

鏑木君の不合理な行動も分かったと思う。

だから、あそこまで他人の信頼を集めるんだってことも。

優しくて、見た目もよくて、勉強もできれば、人気も出るしモテるのも理解できる。

だけど、そんな行動ってさ、鏑木君は本当に得してる？

努力のわりにリターンが合ってなくない？

女の子と遊びたいなら話は別だけど……そんな様子もないし。

そう思った時には、私の口から言葉が出ていた。

「鏑木君の言ってることは分かったけど。ひたすら空気を読むような考え方はおかしくない？」

「そう？」

「それだと、鏑木君が大変なだけじゃん」

「別にいいんだよ」

「それは」

「可哀想《かわいそう》だなんて思う必要はないぞ。これは俺の自己満足でただの偽善的な行動だから」

無駄にさわやかに笑い、無駄に魅力的な顔。

……だけどなんか違う。

ある意味ひねくれている私だからこそ、その表情には違和感しか感じなかった。

「もしかしてさ。鏑木君ってかなり性格が悪いんじゃない？　いや、歪《ゆが》んでるって言えばいいの？」

「褒めるなって照れるだろー」

「うんうん。めっちゃ褒めてる」

「……もうちょいボケを回収してくれよ。言ってる俺が恥ずかしいじゃないか」

「はぁ。私に何を求めてんのよ。本当に褒めただけだから」

「霧崎も歪んでんなー」

「ありがと、褒めてくれて」

言葉の応酬に私たちは顔を見合わせて、それから「ぷっ」と噴き出した。

……なんだ、そんな顔も出来るんじゃん。

つい笑ってしまった彼の表情は、年相応の可愛《かわい》らしいものだった。

◇◇◇

――またある日の自習室。

勉強していたら、聞き慣れた声に話しかけられた。

「よっ霧崎。毎日勉強して偉いよな」

「どうも」

いつも通りの調子でニコリと笑う彼に挨拶を返す。

今日は休憩時間にどんな話をしようかな、と少し浮いた気持ちになる。

だけど、手に握られた彼のテスト結果を見て、私は彼に冷たい視線を向けることになった。

「毎回テストであんたに勝てないわけだけど……テストの答案を持ってくるなんて、もしかして嫌味《いやみ》だったりする？」

「違うわ！」

「まぁテストなんて他人と比べるより、結局は前の自分より成長できたかどうかが重要だから、気になんてしていないけど。これっぽっちもねー」

「ふーん」

「……何、その顔？　疑ってるわけ？」

「いやいや、別に」

ニヤついた顔が腹立つ。

だけど、ほんと鏑木君には勝てないんだよね。

どんなにやっても一歩先を行かれている感じがして、テストをする度に自尊心が打ち砕かれている気がしている。

……無理なものは無理。

頭の出来が違うんだろうなって、最近では悔しさより虚《むな》しさが出てきていた。

「そういえば、そろそろ塾で進路相談するだろ？　行くとことか決めたか？」

鏑木君はテストに書かれている志望校判定を指さして、そんなことを聞いてきた。

ちらりと見えた彼の志望校には、私の知らない学校名が書いてあるようだ。

「決めてるけど、あんたは？」

「俺もまぁぼちぼち。参考までに霧崎のを聞きたいなーって」

「話しても面白くないと思うけど」

「大丈夫大丈夫。別に面白さを求めてないし」

屈託のないさわやかな笑みを向けてくる。

……まぁ彼の学校のことも気になるし。

私は交換条件を後で突きつけようと思って、自分から話すことにした。

「将来は国家資格をとって、薬剤師になろうかなぐらいは思ってるよ。国立の女子高を目指してるんだけど、それは、費用的な面とあくまで通過点としてって感じ」

「へ～。この時期から将来を見据えてるのは偉いな」

感心した様子の彼を見て、私は嘆息した。

「偉いって……別に親の勧めだから決めてるだけだって。学校行けるのも親のお陰だし、逆らう理由なんてないでしょ？　揉《も》めて面倒ごとになるなんて、それの方が嫌だし」

「現実的だなぁ～。達観してるとも言える」

「それ、よく言われる。達観して大人びて可愛げがないってー」

「ははっ。可愛げがないのは同意だな」

「……失礼って言葉を知ってる？」

「俺の辞書にはないな～……痛っ⁉︎⁉︎」

私が頬《ほお》を抓《つね》って、不機嫌そうに鼻を鳴らすと彼は「悪かった」って平謝りをした。

本気で怒っているわけではないと理解してるんだろう……。

ほんと、無駄に察しがいいよね。

「けどさ。霧崎はそれでいいのか？」

「いいも悪いも無理なものは無理で、現実を見るしかないでしょ。夢見がちな人にはなりたくないし」

「そっか。なるほど……」

「そうそう」

鏑木君は眉間にしわを寄せ、難しい顔をした。

周りから言われる『大人びている』、『達観している』なんて言葉。

これだけ聞けば、良いことのように聞こえるかもしれない。

――実際は違う。

そう見えるのは、私は諦めているから。

大人って言われることがあるのも、何もかも諦めて現実を直視したからだと思う。

無理なものは無理で、それが現実。

そういうのを私は痛いほど知っているから。

……自分の親を見て。

病院に勤めている優秀な父親を見ていれば、嫌でも現実を直視することになってしまう。

自分より長い人生、そして優秀な道を歩んだ親の言うことは正しいと思っている。

子供の頃は「親のような医者になりたい」と思っていたけど、親からは「やめなさい」

と言われ続けている。流石《さすが》に子供の頃から言われていればその気もなくなってくるし、年を重ねてゆけば目指すには遥《はる》かに高い壁だということが理解できるようになる。

ましてや、塾でさえあっさり成績を抜かされる私なんて特にね。

考えるだけで、惨めで億劫《おっくう》だ。

……余計に父親の背中が大きく、そして遠くなるばかりで……。

私は何も気にしてないようなフリをして、今度は鏑木君の行きたい学校を聞くことにした。

「それで、あんたは行く学校決めてんの？」

「まぁね」

「うわ。言う気なさそうー。私も言ったんだから教えてよ。世の中等価交換、ギブ&テイクって言うでしょ？」

「そう言われると……仕方ない」

渋々といった様子で彼は、学校の写真を見せてきた。

あー……聞いたことはある。

私からしたら知識にはある。名前だけは聞いたことのあるような県外の進学校だ。

ここから通うこともできるけど、かなり遠くて選ぶ人はほとんどいない。

みんな都心に近づいていくし、わざわざその逆を選ばない。

それなのに、わざわざこの学校を選ぶ理由……………もしかして？

「鏑木君って」

「うーん？」

「……なんかやらかした？」

「やらかしてねぇよ。ただ、田舎の方が好きなだけ」

「ふーん……」

そっか。バラバラなんだ、この塾を辞めたら……。

せっかく気の合う人に会えたのにね。

そう思ったら、胸がぎゅっと締め付けられた気がした。

「ってか、霧崎もおかしいだろ。どう考えても女子高って柄じゃない」

「私は妥当な判断だけど？　まぁテストに絶対はないから、最終的には行けるところに行くだけだけどねー」

「いや、もう少し拘《こだわ》れって」

私にツッコミを入れてきて、彼は苦笑した。

「所詮は通過点だし、どこに行っても全ては自己責任だし。勉強するしないも自分次第だから、どこに行ってもいいかなって…………鏑木君は、こういう考えってどう思う？」

「いいんじゃないか？　自分で考えて得た結論なら、否定する気はないし、それも一つの真理だと思う」

聞いたことを即肯定され、私は目を丸くした。

普通に否定してくると思ったのに……。

そんな私を見て、彼は薄く笑いそれから天を仰いだ。

「小さい頃は『言われたからやる』だったのが、だんだん『どうして必要なのか』って理由を求めて停滞するのが一般的だからなぁ。それが反抗期にも繋《つな》がるし。諦めが肝心なのに、知らないから感情のまま動くしね。ほんと、中学生の心理状態って厄介だよなぁ」

「……あんたも中学生じゃない」

「まぁね。でも考えたことはあるだろ？　なんで言うこと聞かないといけないかなとかって」

「そうね……。それはあるかも」

私はそう呟《つぶや》いた。

……どうして勉強しているのか、なんで決められたレールに乗らないといけないのか、勉強なんて何に役に立つんだろうって。親から言われたことが本当に正解なのかなって。

諦めたと言っても、いつもそういう考えはチラついてしまう。

「俺からしたら、霧崎が色々なことを、本当に必要ないかを考えているという視点が素晴らしいことだと思うな。それって、しっかり先のことを考えようとしているって証拠だしね」

「……」

「お、どうした？　ちょっと顔が赤いぞ」

「うっさい。いいから勉強しようよ。時間の無駄……」

素直に認められた気がして、私は途端に恥ずかしくなった。

ペンを握り、直《す》ぐに勉強を始める。

「ほんと霧崎は冷めてるな〜」

「あんたにだけは言われたくない」

「あはは。確かに」

私が冷たく突き放すと、彼は屈託のない笑みで笑って見せた。

彼は不思議そうにしながらも、いつもこうやって真剣に聞いてくれる。

まるで耳を澄ますように、黙って真剣に。

その誠実な態度を見て、他の女子が好意を寄せる理由が……私にも少しだけ分かる気がした。

◇◆今を駆け抜けて◆◇

「いやぁ。お父様はよく考えてらっしゃいますね」

「そんなことはないですよ」

夏期講習も終わりに近づき、今日は塾の先生とする三者面談だった。

無駄に持ち上げながら話をする先生に呆《あき》れながらも、私は二人の話に耳を傾けてときどき相槌《あいづち》を打つようにしている。

普段、塾の休み時間は廊下が騒がしくなるけど今日は静かだった。

それもその筈《はず》。今日はこの地域の花火大会の日だ。

駅が混雑してしまい先生が来られなくなるから、その関係で授業がない。

だから人は疎《まば》らで来る人も私のように面談がある場合がほとんどだった。

……早く終わらないかな。

決まっていることを確認するだけなら、別に話さなくてもいいじゃん。

って思うけど、大人の話は無駄に長い。

脱線したかと思うと戻って、また脱線して……。

そんなことの繰り返し。

「ところで、将来の展望を考えていきたいけど、涼音さんもお父様と同じ仕事を目指したりするのかな？」

先生は私が暇していることに気が付いたのだろう。

急に質問を投げかけてきた。

「私は……」と口を開き、言いかけたところで「いえ、娘は目指しません」とお父さんが蓋をするように答える。

「まだ今の段階で明確に決めなくてもいいと思いますよ？　道は険しいですが涼音さんは、目指せる力を持っていますし、私としては将来、挑戦して欲しいと思っています」

「いえ。涼音には薬剤師を目指して勉強して欲しいですね。医者は大変ですから、失敗やリスクを背負ってまで目指す必要はないです。世の中、堅実に生きることが重要ですから」

私には無理……。

そんなことは分かってるよ、お父さん。

改めて言わなくても、言うことには従うよ。

別に反論なんてするつもりもないから……言っても無駄。

分かっていたとはいえ、遠回しに『無理』と言われると余計に気分が滅入《めい》ってしまう。

だけど、私はニコリとした笑みを崩さないようにし続ける。

その後も先生とお父さんのすり合わせは続いていって……長かった面談も終わりとなった。

「成績的には問題ないと思いますので、残りの指導もよろしくお願いします。今日はお時間いただきありがとうございました」

「ありがとうございました」

私も頭を下げて、お父さんに続くようにして教室を出る。

一緒に歩いていても特に会話はない。

まぁでも、それはいつものことだから気にしてなかった。

窓の外をぼーっと眺めながら足を進める。

そして、自習室の前に来て黙っていたお父さんがようやく口を開いた。

「いい先生じゃないか」

「そうだね。そう思う」

言葉数は少ない。

「じゃあ私は仕事があるから帰るよ。少しだけ辺りを見てからね」

「……別に見ても面白いものはないよ？」

「そんなことはない。じゃあ先に行く。勉強頑張りなさい」

お父さんはそう言って、ふらふらっとどこかに行ってしまった。

行先はなんとなくだけど分かる。おそらく、テストの順位が書かれた掲示でも見に行くんだろう。

……正直、あまり見られたくないけど。

「見ても仕方ないのにねー」

私はため息混じりに呟いて、自習室に向かう。

いつもの席に着くと鏑木君はいなくて、彼の勉強道具だけが置かれていた。

無駄に綺麗《きれい》な字……けど、どこに行ったんだろう？

そんなことを思っていると、十分ぐらいして彼が戻ってきた。

「よっ霧崎。面談お疲れ」

「別に疲れてないかな。ただの確認だし。鏑木君はどこに行ってたの？」

「俺はー……お花を摘みに」

「あーそういうことね……胃薬いる？」

「いや、大丈夫」

取り留めのないやりとりをして、私はいつも通り勉強をした。

でも、今日はイマイチ集中できなくて、つまらないミスばかりしてしまう。

……はぁ。何やってるんだろう。

確認作業ぐらいで、馬鹿みたい。

自分の不甲斐《ふがい》なさに苛立《いらだ》ちが募る。

あまりにも思い通りに行かなくて、諦めて帰り支度を始めていると隣の鏑木君が急に肩を叩《たた》いてきた。

「なぁ霧崎。ちょっといい？」

「……なに？」

「もう帰るのかなって思ったから」

「そのつもりだけど。帰るには早すぎるんだよね」

「じゃあさ。気分転換でもいこっか」

「え、どこに……？」

「夏と言えばだよ」

彼はそう言って、渋る私を自習室から連れ出した。

◇◇◇

いつもだったらまだ塾にいる時間。

そんな時間に花火大会に来ていることが、私の気持ちをなんだか落ち着かないものにしていた。

親に内緒で来ていることに罪悪感、そして経験のないものに対する好奇心がせめぎ合って、ふわふわして妙なドキドキ感がある。そんな感じだ。

「……人が多いなぁ」

鏑木君は壁に寄りかかり、ふぅと息を吐く。

暗くてよく分からないけど、少し辛《つら》そうだった。

「大丈夫？　辛いなら座っていいよ」

「あはは……悪い。ちょっと、人酔いしただけだから」

鏑木君にペットボトルを渡すと、彼は「ありがと」と受け取って蓋を開けた。

無言で飲む彼を見続けるのも、何となく気まずい空気で、私は夜空を眺めることにした。

……綺麗。空って綺麗だったんだね。

さっきまで燦々《さんさん》と輝いていた太陽はもう沈み、空には群青色が広がっている。

少し冷たい風が吹きつける。夏の夜にも拘《かかわ》らず、上着が欲しくなるほどだった。

そのなんとも言えない風は、まるで夏の終わりを告げているようにも思えて、私の心を執拗《しつよう》に刺激してくる。

「うしっ！　復活！」

「復活って……まだ顔に覇気がないんだけど？」

「いやいや、そんなことないって」

「やせ我慢とかいらないから」

私がそう言うと彼は申し訳なさそうな顔をして、「助かる」と呟《つぶや》いた。

何か出店で買いながら祭りの雰囲気を楽しむつもりだったけど、鏑木君が体調を崩しているので一緒に人混みから離れたところで休んでいる。

だけど、人が多いのが苦手な私にとってはこの選択はアリだったかもしれない。

祭りは遊んで楽しむより、眺めながら一枚の風景として楽しむのが好きだから。

そう思って、ぼーっと見ていると顔色が良くなった鏑木君が「花火を見ようか」と言って、花火会場とは反対の方向に歩きだす。

遠くなるにつれて、人は少なくなり、いつの間にか真っ暗で古びた公園まで来ていた。

……真っ暗なんだけど。

大丈夫、ここ？

そんな私の複雑な心境を表したように、目の前に広がる空は真っ黒に染まっていた。

でもそんな空を切り裂くように、真上にズバッと光が広がる。

そして、少し遅れて『バンッ』と爆発音が聞こえた。

「……ふぅ。なんとか間に合ったな」

ホッとしたように呟いた彼と光が上がる方向を見た。

私たちのいるところから、そこそこ離れているみたいだけど、いくつか打ち上がる花火が見える。

ダイナミックで大きな花ではない。

夜空に咲く小さな花たちを見て、ふふっと不覚にも笑ってしまった。

それを聞いた彼が「……笑うなよ」と恥ずかしそうに頬《ほお》を掻《か》く。

「普通さ。女の子を花火大会に連れて行きたいなら、もっと近くで見えるところにしない？」

「……いいだろー別に。ここからでも見えるんだから」

「まぁ一応ね。ただ、ここって穴場すぎて誰もいないじゃん。人だかりから遠ざかるように進むから何事かと思ったし。真っ暗だからちょっとだけ心配になったじゃん」

「暗いとこで悪かったな。お化けとか苦手なタイプ？」

「全然。ただ、こんな暗い所に連れてくるからエッチなことを考えていたのかなーって？」

「違うわ！　ここしかちょうどいい場所を知らなかったんだよ」

「あははっ。焦りすぎー。それだと、図星だったんだって思うよ？」

「……霧崎が変なこと言うからだろ」

「まぁでも、人が多いよりはこっちの方が周りを気にしなくていいからアリかな」

遠くから眺めるのも悪くない。

後ろに誰かいるわけでもないから、背伸びして見ても、体を動かしても何も文句を言われない。

「花火って一瞬の華やかさを心に刻んでくれるんだよなぁ〜」

「それは分かる気がする。輝いて消えて、それが余韻となるから記憶に焼き付く。もし花火が消えずにずっと灯《とも》り続ける存在だったら、ここまで印象に残らないかも」

「来てよかったか？」

「うん。連れてきてくれてありがとね」

「おう」

言葉短く照れたように笑う彼は、私から視線を逸《そ》らして花火が咲く夜空を見上げる。

私も同じように見つめて、無言のまま花火を眺めていた。

……静かに見てるのも悪くないね。

ただじっと見ているだけの時間が心地良くて、そんな時間が何分かすぎたところで鏑木君が「なぁ霧崎」と話しかけてきた。

「受験生なのに勉強をサボるなんてね……初めて悪い子になっちゃった」

「ははっ。俺も同じ」

「真面目だけが取り柄だったのに、そんな私を巻き込んだ責任はとってくれるの？」

「霧崎が責任って言うと、とんでもないことを要求されそうだな」

「……あんたの中での私はなんなわけー」

「ごめんごめん。でもたまにはよくない？　こんな日があっても」

いつものように飄々《ひょうひょう》と肩をすくめて、あっけらかんと言ってのけた。

私は口を尖《とが》らせながらも「まぁ悪くはないね」と同意する。

それを見た彼は、少年のような無邪気な顔で微笑《ほほえ》んだ。

「……霧崎。まぁ花火を見ながら聞いてくれればいいんだけど」

「何？」

「父親に言わないのか？　自分の本当の気持ち」

「…………」

急に言われたことに言葉が出なかった。

固まっている私を無視して、彼は話を続けてゆく。

「まぁ霧崎の気持ちは分かるよ。大人なんて頭ごなしに否定してくることが多いから。『これは違う』、『必要ない』、『絶対に無理だ』って。何度も言われれば、やっぱり無理なのかなって思えてくるしね。そうなると話す気も起きなくなる。だから、霧崎はいつも『どうせ意味がない。無駄』って言うんだろ？」

私の気持ちを代弁するように言う彼の言葉が、胸に突き刺さったように痛い。

今まで蓋をして、考えないようにしてきたことを一枚一枚剝がされているようで……私はただ黙るしかなかった。

「本当は希望があるのに言って否定されるのが怖いから……言うことが出来ない。でもさ、霧崎って一度でも本気で臨んだことはある？」

「……本気で？」

「ないんじゃないか？　自分の考えや気持ちに向き合って、父親と話したことが」

確かになかった。

自分の親が言うことは、いつも正しいことばかりで……私の考えなんて浅はかで言うのも馬鹿馬鹿しいって思ってた。

親の言ったレールに乗っていれば間違いない。

大人になって、自立してから考えればいい。

今は、お金を出してもらっている身だから……我儘《わがまま》は悪だと、私は自分に言い聞かせていた。

「レールって言うけどさ。レールなんて途中から分かれ道もあるし、また合流したりもするだろ？　同じレールでも早く行ったり、遅く行ったりする。ゴールが決められていたとしても、行き着く方法がひとつしかないなんて誰が決めたんだよ。別にレール自体を否定する気はない。ただレールだけに乗る人生なんてつまんないだろ」

「……そうかもね。でも、だったらどうすればいいの……私には分からないよ。自分が本気でどうしたいかなんて……」

言われた通りにすれば考えずに済むし、それはある意味で楽だ。

だけど、だからと言って自分で何をしていけばいいか分からない。

親に話すのであれば、説得するぐらいの根拠がないと……絶対に認められない筈《はず》だから。

迷う私を見て、鏑木君は肩に手を置いた。

「まだ、無理に将来を決めなくてもいいんじゃない？　だってまだ俺たちは中学生だ。希望はいくらあってもいいし」

「……それじゃお父さんに言えることないじゃん。」

私は流石《さすが》に呆《あき》れてしまって、顔を引きつらせた。

そんな態度をとる私を見ても、彼は何も気にした様子はない。

「え、えー……そんな適当じゃダメじゃない？」

「いいじゃないか。道の途中で旅の風景を眺めたってさ。眺めた結果、前の方が良かったと思えることもあるし、他に興味が湧くこともあるかもしれない。やりたいことを固定する必要なんてないよ。気持ちは変わるものだからさ」

「話してみて……上手《うま》くいかなかったら？」

「一度上手くいかなかったぐらいで諦めること？　大事なことは数回言ったりトライするもんだろ」

「失敗し続けるかもだけど」

「人生において失敗を経験しない人は誰一人いない。『後悔先に立たず』って言葉があるように、動かないことで悔やんでも悔やみきれないことができてしまう方が後悔するよ」

そう言った彼の目はどこか寂しげで、自分も経験があると言っているようだった。

「ただひとつ言えることは、何もしなければ何も変わらない。ゼロから可能性を見出《みいだ》すことは出来ないんだよ。何もしなければゼロパーセントだけど、動けば僅かにだけど道が開かれることもあるかもしれない」

「動いたら変わるかな」

「変わるよ。それに親に意見を言えるのも今だけだよ。俺たちの方が長く生きるんだろうし、いずれは言えなくなる」

「そうだね。鏑木君の言う通りかも」

「だからさ、二度と戻れない『今』を全力で駆け抜けようぜ」

暗くなった私の気持ちを吹き飛ばすように、無駄に明るく振舞っている。

無駄にカッコつけて、無駄に笑って……無駄に優しくて。

そんな彼の気持ちを感じて、今までうじうじしていた自分が途端に恥ずかしく思えてきた。

……本気。本気なんて考えたことなかったな。

憑《つ》き物《もの》が落ちたみたいに、胸がスーッと軽くなった気がした。

「ちょっとだけ正直に生きてみようかな。ちょっとだけ」

「応援してる。本気で伝えてみて、それでもダメだったらその時は俺に頼ってよ。まぁ泣きたい時に体を貸すぐらいしかできないけど」

「泣かないから……馬鹿。でも……ありがとう」

胸のあたりが空いてるというジェスチャーをしてくる。

私があえて見ないようにすると、彼は恥ずかしそうに頬を染めた。

……恥ずかしいならやらなければいいのに。

ほんと、馬鹿だよね。

「ねぇ聞いていい？」

「うん？」

「律はどうしてそこまでしてくれるわけ……？」

私のことを思ってくれた彼に、ふと浮かんだ疑問を投げかけてみる。

急な問いに鏑木君は困った様子を見せることなく、直《す》ぐに口を開いた。

「動けば解決できる関係なら動いた方がいいだろ？　その一歩目が難しいけど、終わったわけじゃないのに諦めてるのは、もったいない。そう思っただけだよ。後は単にお節介って感じかな」

「でも、何とかなるなんて根拠なくない？」

「俺は察しがいいんだ。占い師をやったら丸儲《まるもう》けできるぐらいに」

「その割には、私のこと分かってなさそうだけど」

「いやいや、そんなことない。手にとるように分かるぞ？」

「……なんか変態っぽいね。うわぁ……」

「本気で引かれると、悲しくなるんだが……」

肩を落とし、大きなため息をついているけど……顔が笑っている。

気遣いに余念がなくて、今はそれが素直に嬉《うれ》しい。

……ここまでわかっちゃうんだ。

そう思うと、胸が熱くなって「ねぇ、律」と、気が付いたら名前で呼んでいた。

「え……なんで急に名前呼びをした？」

「え、えーっと……鏑木って言い辛《づら》いんだよね」

「それを俺に言うなよ」

「噛《か》みそうだし」

「まさか、それで名前呼びに……？」

私は無言で彼を見つめる。

心の中で「違うし。バーカ」と叫んでやった。

すると、本当に察しがいいのか彼は苦笑いをしてため息をついた。

「……なんかめっちゃ馬鹿にされた気がするんだが？」

「正解。本当に察しがいいねー」

「お前なぁ」

「まぁいいじゃん。とりあえず名前で呼ぶから……二文字って楽だし」

「好きにしてくれ」

「最後にさ。元気を少しだけ分けてくれない……？　私が頑張れるように」

私は律の顔を真っ直《まっす》ぐに見つめる。

すると彼は、私の望みを察したように頭に手を置いてきた。

ぽんぽんと優しく叩《たた》き、優しい顔で笑いかけてくる。

「頑張れよ、霧崎」


——その日の夜。

「お父さん。少しだけいい？」

帰ってすぐに、私はお父さんに話しかけた。

◇◆私の行きたい場所◆◇

「……話があるんだけど」

「話？」

「うん」と私は短い返事をして、頷《うなず》いた。

新聞を閉じたお父さんは、眉間にシワを寄せ私の目を真っ直ぐに見つめてくる。

その表情は無機質なように見え、何を言っても無駄だと……暗に伝えているように思えてしまう。

――話すのが怖い。

私は視線を床に落とし、唇を噛みしめた。

話をして否定されるのがとにかく怖い。

自分で考えたことを、悩んでいることを打ち明けて、それは間違っているよと言われるのがとにかく怖かった。

でも、そんな時に、

『話してみろよ。骨は拾ってやるし、明日にでも話を聞かせてくれ』

脳裏をよぎったのは、さっきまで一緒だった彼の声。

優しくて、的確で心に寄り添ってくれた彼の声だった。

……何かあったらよろしくね。

私は心の中で呟《つぶや》き拳をぎゅっと握った。

それから、お父さんの顔を真っ直ぐに見つめる。

「お父さん。私、行きたい学校ができた」

「行きたい学校？　それは将来に必要なことなのかな」

「……嘘《うそ》はつきたくないから正直に言うよ」

「言ってみなさい」

鋭い視線に、私は息を呑《の》む。

有無を言わせないようなお父さんの態度に、今からでも逃げ出したくなった。

胸に残るその言葉が私に勇気をくれる気がした。大きく息を吸い込んで、

『頑張れよ、霧崎』

「私、お父さんと同じような医者になりたい」

と、初めて自分の気持ちを口にした。

お父さんは驚いたように目を丸くして、メガネの端をくいっとする。

「やめなさいと言った筈だが……」

「無理だよ。いつもお父さんの背中を見てるんだから、憧れちゃうじゃん」

「…………」

私が即答すると、お父さんは腕を組んで黙ってしまった。

「なってからも大変だよ」

「分かってる。でも、それを目標にして頑張りたい」

「そうか……。なら頑張りなさい。目指すために学ぶことは、どんな道に行こうとも無駄にはならないからね」

「う、うん」

思っていたのと違う展開に、私は口ごもってしまった。

寧《むし》ろ、話してもらえたことが嬉しいのか、お父さんの口角が僅かに上がっているように見えた。

いつも話しにくい雰囲気なのに、今は特に感じない。

そんな疑問を感じていると、お父さんは足を組みなおして話を続けるように促してきた。

「それだけではないのだろう？　行きたい学校ができたというのだから」

「……うん」

私は頷いて、深呼吸をした。

勉強をして目指すのは、自分自身で決めた目標。

でも、もう一つ。

今からする話は、私の我儘《わがまま》で……ただのお願い。

だから、さっきよりも余計に緊張が私を襲ってきていた。

服のすそを握り、さっきまで一緒だった彼の顔を思い出す。

……本気で、ちゃんと伝えないと。

私は意を決して、口を開いた。

「行きたい学校だけど。ここから遠いんだよね」

「遠い？　何故《なぜ》そこにしたいんだい？」

「勉強を頑張りたいとか、夢のためにとかそういう話じゃない。今までは選択肢を広げるためにお父さんが言った通り、ここから通いやすくて高いレベルの学校に行く……そういうのが正しいと思ってた。でも、それだけじゃないって思うようになったんだ」

「……そうか。何故かな？」

「もっと話したいと思える人ができた」

お父さんは真剣な表情で私を見つめる。

否定することはなく、『もっと話して欲しい』と言っているようだった。

「生まれて初めてこの人をもっと知りたいと思ったの。一緒にいて楽しいとも思えた。人で重要な選択を決めるなって、お父さんに思われるかもしれない。だけど、ここで関係を終わらせたら一生……こんな出会いはないかもしれないっ！」

「…………」

「だから、私に決めさせて欲しい。進むべき進路も、将来の夢も、きっとこれからも迷ったり悩み続けるとは思うけど……私の人生を自分に決めさせて欲しい。後悔したくないから……っ」

初めて吐き出した感情に反応して、目に涙が溜《た》まる。

それがすぐに決壊して、頬《ほお》を一筋の涙が伝った。

私はそれを拭わずに、黙り込むお父さんを見つめ続けた。

「……いいのか？　選んだその道が辛いことがあるかもしれない」

「選ばない後悔の方が辛いよ」

「そもそも受験に絶対はない。追いかけて無駄になる可能性もある」

「それはどこを選んでも一緒だよ。だから、限りなく百パーセントになるように足掻《あが》いてみせる」

「……本気か？　一生に一度の選択だぞ」

「本気。どうしても進みたい」

目を逸《そ》らさず、無言で見つめ合う。

何を言われても絶対に引かない。

最後まで、受験ギリギリまで頼み続ける。

そんな覚悟で、私はじっとお父さんを見た。

すると、穏やかな表情になったお父さんが「頑固なところはそっくりだ」と呟いた。

「涼音。悔いがないようにしなさい」

「ありがとう、お父さん」

さっきまでの重い空気が嘘みたいで、なんだか嬉しそうにしている。

「そうだ。今後も友人は大切にしなさい。涼音は本当に良い友人に恵まれたと思う」

「え、何それ？」

「知らなくてもいい。ただ、私がほっとしただけだ。人を遠ざけてばかりと思ったからね」

……その言葉で全てを理解した。

お父さんは濁したつもりなんだろうけど、私の友人と呼べる人なんて一人しかいない。

きっと私の知らないところで、彼と何かを話したんだろう。

「……俺には分かるって。根回ししてんじゃん……馬鹿」

……顔が熱い。

そんな火照りがとれなくて、私は手で顔を扇《あお》ぐ。

私の仕草を見て、お父さんは苦笑した。

「恋に現《うつつ》を抜かさないように」

「そんなんじゃないからっ！　勉強してくる!!」

私はリビングを出て部屋に行き、そのままベッドに倒れ込んだ。

ふわふわとした不思議な気分で、悪い気はしない。

むしろ晴れやかな気持ちで、今からでも走りたいくらいだった。

◇◆君の隣には◆◇

「昨日はありがと。ちゃんと話せたよ」

翌日、私はいつも通り塾の自習室に行って彼にお礼を言った。

彼は得意気な顔をして、くすりと笑う。

「それはよかった。話してみるもんだろ？」

「たまには悪くないね」

「だろだろ～」

「じゃあ目標に向かって頑張ろうかな。そう決めたわけだし」

「テストでは負けないけどな」

「別にいいよ。私のベストを尽くすだけだから。二位で十分」

私がそう言うと、彼は「諦めるなよ」って笑っていた。

でも、私にとってこの並んでいる今が心地いい。

誰もいなかった環境に、誰かいて、それが自分と似ている……そう思うだけで嬉《うれ》しかった。

まぁでもいつか……このまま並んでたら、関係は進むことはあるのかな？

だったら……少し嬉しい。

そんな、漠然としたことを最近は思い始めていた。

お父さんに、『現《うつつ》を抜かすなよ？』って言われたけど、制御の難しいこの感情が私を揺さぶってくる。

それに付き合い慣れ始めた頃、

「鏑木君って彼女がいるらしいよ。告白した子がそれで断られたんだって」

と、女子たちが話しているのを聞いてしまった。

……まぁそうだよね。

納得はしたけど……話を聞いた時、胸がぎゅっと締め付けられる思いだった。

——でもいい。

そんなの分かっていたことだ。

魅力的な人の隣は、すぐに埋まるものだから。

仲の良い知り合いが出来た。

それだけで今の私には十分だと……自分を納得させる。

でもさ……教えてくれてもいいじゃん？

気持ちが傾く前だったら、何も思わなかったのにね。

まぁでも、律に変な壁があることを知っている。

それもあって、連絡先を聞くタイミングを失った。

彼女がいるなら余計に聞きづらいというのもあるけど……。

「……まぁどこかで聞こうかな。時間はいくらでもあるし」

夏期講習が終わっても、塾に行けばいつも通りが待っている……そう思っていた。だけど、夏休み明けに〝いつも通り〟はなかった。

――律が塾に来ることは二度となかった。

世の中、レールがあって既定路線で進む。

偶然はない。全ては決まっていて、運命は最初から。

だから、望んだものは簡単には手に入らない。努力したって報われないことはあるものだ。

いくら取り繕っても、私には手に入らない。

だったら、自分に合う自分の生き方をすればいい。

全てが一番になれない私は、その合ったものだけを守ればいい。

だから、私は隣にいるよ。

理解できる人の特別な形。それは別に一つじゃない。

きっと、これが私に決められた逃れられない運命だから。

選んだ道に後悔はない。

選ばなければ、この感情を知ることもなかった。

選ばなければ、楽しく話せる関係が続くこともなかった。

だから、私はもう考えない。

「友人」それ以上は望まない。

彼に触れたくなる気持ちは、一種の気の迷い。

近くにいたいのも熱を求める動物的な本能。

それはすべて、経験のないことに反応した私の動揺。

生物的な本能、性欲、独占欲……気持ちの我儘。

……ただ、それだけ。

当たり前だった日課……それがどれだけ大事だったのか。

失った時にわかるものだ。

「……また、会えるといいな。私の初めての理解者に」

私は、ヘッドフォンをつけて音楽を流す。

今日は激しめに、ロックを聴きたい気分だった。

◇◆桜の日の再会◆◇

——高校の入学式。

本当に通ってくるか心配だった。

「なんであの時、連絡先を聞かなかったんだろうね……馬鹿だなぁ」

後悔しても、もう遅い。

自嘲気味に笑い、私は「はぁ」と息を吐いた。

夏期講習が終わったらいなくなって、人と関わるくせに離れたがるひねくれた奴《やつ》。

そんな彼に文句を言いたかった。

でも、それ以上に会って話がしたかった。

ここに来てもいるなんて確証はない。

だけど、まだ仲良くなかった時に話した志望校に嘘《うそ》はない……そう思って入学している。

でも――

「……流石《さすが》に期待しすぎでしょ。恥ずかしい」

自分の行動に恥ずかしさを感じながらも駅から学校まで歩く。

到着すると、まだ早すぎて門は閉じていた。

「部活もこの時間じゃやらないし、入学式だもんね」

始発で来て、こんな早朝では誰もいる筈《はず》がない。

それは分かっていたけど、はやる気持ちを抑えられなかった。

……もしもいるなら、また話したいって思っていたから。

考える度に、自分の行動に対する気恥ずかしさと、気持ち悪さを感じるけど、それ以上に何物にも代え難い緊張感が私を囃《はや》し立《た》てているようだった。

「桜が綺麗《きれい》。ここで時間を潰そうかな」

私は、学校裏にある林道を歩く。
春ということもあり、桜の並木道は風が吹くたびに幻想的な風景を作り出していた。
ひらひらと舞う桜は綺麗で思わず表情が緩んでしまう。
そんな風景を堪能していると、視界の先に見覚えのある人影が見えた気がした。
「あれって……嘘。り、つ……？」
そう、人気《ひとけ》が少ないこの場所に彼はいたのだ。
鼓動が耳に聞こえてきそうなぐらい激しくなり、胸の高鳴りを抑えられそうにない。
私は深呼吸をして、彼の元にゆっくり進んだ。
――抱いていた気持ちは考えない。
私はもう捨てたから。達観している大人になればいい。
大人っぽいのは諦めた人の証拠。
でも、それでいいんだ。
今はまた会えたのが嬉しい。私を前に進めてくれた彼に。
その機会が与えられたことに、感謝しないといけない。
だから……そうだ。まずは彼を知ろう。
勇気を出して、また話しかけるんだ。

私はなるべく自然に、

「あれ？　律じゃん」

と話しかけた。

私に気づいた彼は、目を丸くして見つめてくる。

「え、霧崎……？　なんでこの学校に？」

「入学したからに決まってるでしょ？　勉強はどこでも出来るし」

「いや、たしかにそうだけど……医者になりたいなら、もっと……俺が言うことでもないか」

「そうそう。これが私が選んだことだよ」

私がそう言うと、彼はなんだか嬉しそうにした。

そして視線が私の髪の毛に移る。

「めっちゃ髪を切った？」

「まぁね。イメチェンってやつ。高校デビューかな」

「あーなるほど？　まぁ似合ってるよ」

「アハハ！　ありがと！」

あの頃と同じ違和感のない会話。

遠慮のない態度に、私は思わず笑ってしまう。

「ってか、朝なのに来るの早くない？」

「お互い様じゃん。そんなことよりさ。教えてよ連絡先。せっかくまた会えたんだし」

「そんなことって……まぁいいか」

「ほら早く早くー」

スマホに表示される彼のアイコン。

再び繋《つな》がれた彼との関係が嬉しくて、私はひそかに手をぎゅっと握りしめた。

第六章

心の中のスキ

◇◆正解の道はない◆◇

——たわいもない昔話を私たちはたくさん話す。

面白かった先生のこと、苦手だった先生のこと、アルバイトの人のこと……それから自習室での話。あまりに話すことが多くて、私と律《りつ》が昔話に花を咲かせていたら、いつの間にか日は落ちていた。

律は時計を見て苦笑いをする。

「話し込み過ぎたなぁ」

「だね。でも懐かしい話は良かったよ。律の失敗談とか面白くて飽きないし」

「性格わるっ！」

ツッコミを入れ、互いに笑い合う。

そして二人して暗くなった夜空を見上げた。

残念ながら、星が一つも見られない曇り空。だけど、雲がなくなるのを待つかのように眺めた。

……もっと早めに話すべきだったのかな。

話す内容のどれもが新鮮……だからこんな時間まで、話し込んでしまうのは仕方ないこと。

だって、律と再会してから、昔のことを話すことなんてなかったから。

……あっちからも振ってくることはなかったからね。

まるで避けているようだったから、私は空気を読んで今日まで聞かずにいた。

過去には触れちゃいけない気が…………ううん、違うね。それは違う。

私は自問自答を繰り返して、否定した。

分かってる。分かってるよ。

本当は聞くのが怖かったってことぐらい。

急に消えた律は、本当は私のことが嫌いなのかもしれない。

仲良いと思っているのは私だけで、心地良い時間を過ごしていると感じていたのも自分だけ……煩わしいと思われていたんじゃないかって。

——魔法をかけられたような美化された大切な思い出。

律から真実を知ることで、それを壊したくなかったから。

でも——今は違う。

楽しそうに話す彼のこの表情に、嘘はないと思うから！

「ねぇ律。なんで夏期講習の後、塾に来なかったの？」

私は緊張する自分を隠すために、なるべく抑揚のない声で彼に聞いた。

律は困ったように眉を寄せ、「ちょっと色々あって」と気まずそうに呟《つぶや》く。

それから、顔の前で手を合わせた。

「夏期講習にしか通わないということを言わなくて悪かった！」

「また話せるって待ってたんですけどー」

「中々言えるタイミングがなくて……引越しも決まってさ」

「……それでも最後くらい言ってもよくない？」

「それは本当に……ごめん」

申し訳なさそうな表情。

だけど、その裏に他にも理由があることを彼の表情から察した。

他人を手伝うために踏み込んでいくのに、自分には立ち入らせないようにして壁を作る。

それが分かるようになっただけ、その点は少し成長したのかもしれない。

……いつか、話してもらうから。

そう心に決めて、理由を追及しないことにした。

「あの後、私は大変だったんだよー？　生暖かい目で見られるし、やたらとみんな優しくなるし……フラれた人って思われてたんだからね」

「えっと……優しくなったならいいんじゃない？　話すキッカケにもなったんじゃ……」

「手のひら返しで優しくされても、普通に気持ち悪いから」

「ハハハ……それは確かに」

「ま、結果的にこうして会えたからよかったけどね」

「俺も同じ。霧崎《きりさき》と話すのは落ち着くから、会えてよかったと思う」

律は苦笑しながらそう言った。

その嬉《うれ》しい言葉は、彼が見せる八方美人な態度ではなく本心から言ってるように思える。

私からしたら胡散臭《うさんくさ》いって思えるものがなかったから。

……こんな近くにいて、手を伸ばせば届くのに……。

そう思ったら、はぁっと息が漏れ出てしまった。

「でもさ。たまに思うんだよね。私はこの一年……何をやってたんだろうって」

「…………」

「親に啖呵《たんか》を切って決めたことなのに、全然上手《うま》くいかない」

それだけじゃなくて、自分のポジションもあっさりなくなるし。

律の隣を歩きたい。

彼女がいるなら、次に大事な存在に。

親友という二番でいいからって決めたのに……それもダメ。

転校してきた瑠璃菜《るりな》に、隣にいることも、勉強も、全部持ってかれちゃった。

それが、悔しくて虚《むな》しくて……。

「進む道とか何もかも決められなくなって……だから、休んじゃった」

休んでるのも逃げてるみたいで、それも嫌になる。

あーあ……余計に自己嫌悪になりそう。

「私、選択間違っちゃったかなぁ～。やっぱり親の言う通りにしておけばって。ほんと、昔から何も変わらないしね……」

こんな弱音を吐いてしまう姿なんて見せたくなかった。

でも、昔のことを思い出したら色々な気持ちが込み上げてきて止まらない。

膝の上に置いた手に力が入る。

込み上げてくる涙を抑えるだけで精一杯だった。

「霧崎は間違ってないよ」

少しだけ感じた重みと共に、頭をぽんぽんと優しく叩《たた》いてきた。

私が見つめると彼は微笑《ほほえ》みを向けてくる。

「……何してんの、かっこつけ」

「見ての通りだよ。そして、思ったことを言っただけ」

「どうしてそう思うの？　私……全然、上手くいってないじゃん」

「〝今〟はだろ？」

律はそう言って、空を見上げた。

相変わらず手だけ私の頭の上で動いていて、慰めてくれているのがわかる。

別に気持ちがいいとかはないけど……その優しさが今は有り難かった。

「まだ結果が出てるわけじゃないだろ？　自分で叶《かな》えたい夢だって、まだ先の話だしね。

それに選んだ道に間違いなんてないよ」

「…………」

「選択した道に正解、不正解があるんじゃない。だって、選んだ道を正解にするしかないんだからさ」

言い聞かせるように、染み込ませるように……。

黙って聞く私に律は、ゆっくりとした口調で話してきた。

「たとえ苦労する道でも、正解にできるのは自分だけだよ。人と比べるのではなく、過去の自分と比べるといいんじゃないか？　少なくとも俺は、霧崎は変わったと思うな」

「……どこが？」

「例えば、前はボッチだったじゃん」

「……はぁ？　ボッチって……」

「そうだろ？　俺としか話さないで人を避けまくってたのに、今は違うじゃん。今だから言えるけど、久しぶりに会った時に驚いたんだからなー」

律は嬉しそうにそう言って、屈託のない笑みを浮かべた。

「過去を気にして、後ろをふり向く必要はないよ。前にはいくらでも道があるんだから。下を向いていたら綺麗《きれい》な虹だって気づきやしない」

「……下を向かないね」

「そうだよ。だからさ、二度と戻れない『今』を全力で駆け抜けようぜ」

あの時と同じ、少し照れたように言ってくる。

また同じことを言って励ましてくれるなんて……ほんと、ブレなくて素敵だよね。

──ああ、そうだった。

こう寄り添って話をしてくれて……。

普段は冷めてるのに、変にお人好《ひとよ》しで面倒なところ。

そういうところを含めて──好きになったんだった。

彼女がいるからって諦めて捨てた気持ちが、再び熱を帯びて戻ってこようとしているのを感じた。

あの時から止まっていた思いが、膨れ上がって押し寄せてくる。

それと同時に、色々と見えていなかったものが見えてくるようだった。

「……ありがとね、律」

私がお礼を言うと、律は「おう」と短く返事をする。

それから立ち上がって、公園の出口を指差した。

「なぁ霧崎ってまだ時間ある？」

「……あるけど」

「だったら、ちょっとだけ付き合って」

「え、今から何かすんの？」

「……カラオケ。前に付き合ってくれただろ？」

頰《ほお》を搔《か》き照れ隠しをする彼がおかしくて、思わず笑ってしまった。

「この公園のシチュエーション的に花火じゃないの？」

「公園で花火なんてしてたら、通報されるからなー」

「そっか。なんか残念だね」

ため息をつき肩を落とす。

律は私を見て公園の出口に向かって歩き始め……急に途中で立ち止まった。

「霧崎。ここの公園っていいよな」

「うん？　まぁ……真っ暗だけどね」

「ははっ。確かにね。けど、またここに来ようよ。花火大会なんて人混みは嫌だけど」

夜空を指差して、にこりと笑う。

私もつられて笑い、その場から立ち上がって彼の元に向かった。

「言質《げんち》とったからねー。急に行かないとかなしだから」

「勿論《もちろん》。だからこれからも何かあったら話してくれ。口に出すことで楽になることもある。聞いたことを黙っていて欲しいなら墓場まで持っていくし」

「ありがとう。相変わらず、律はヒーローだね」

「違うよ。ただの独りよがりをしてるだけ……それは昔も今も同じだ」

——律の言葉が静かに響く。

その声はどこか寂しく、空虚なものに感じられた。

私が彼を見ていると、視線に気づいた彼が優しく微笑んでくる。

……そっか。どうして気が合うのか……ようやく分かった。

中学時代の私と一緒なんだ。

——根本的な考え方、性格が。

達観しているというのは、何かを捨てて大人になったという証拠。

夢を見ることを諦めて、現実的なことしか考えなくなった。

……そんな証拠だ。

だから、律も何かを諦めて捨てたんだろう。

大人になるために、余裕を持つために、人に優しくするために……何かを犠牲にしたんだ。

その『何か』を私は知らない。

……それに気づいたから……悔しくてたまらなかった。

◇◆一番を目指さなかった私から一番になりたい私へ◆◇

次の日の土曜日、私は学校に行った。
家でじっとしているのが嫌で、特に約束したわけでもなく本当に気晴らしのためだ。
教室に近づいてゆくと明かりがついていて、私はこっそりと中を覗《のぞ》いた。
そこには瑠璃菜が真剣な顔をして立っていて、教卓に並べた紙を見ては小さく頷《うなず》く……
そんな行動を何度も繰り返していた。
「瑠璃菜、入ってもいい？」
【涼音《すずね》、おはよう】
「おはよー」
私が挨拶を返すと僅かに表情が動いた。
自分で頬を引っ張り、嬉《うれ》しさを表そうとしている。
まだまだ律以外の前では上手く作れないみたい。
口角が僅かに上がるぎこちないものだった。
でも、初めて見た時と比べたら、

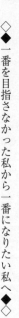

「瑠璃菜は表情が豊かになってきたね」

って素直に思う。

私の感想に瑠璃菜は嬉しそうに目を輝かせた。

「今日は何してんの？　勉強？」

【お話し出来るようにみんなを覚えてる】

「なるほどね。新しいクラスだから」

瑠璃菜は少し照れたようにして、小さく頷《うなず》いた。

ほんと、真面目で一生懸命だよね。

その上、保護欲をそそられる可愛《かわい》さがあるし。まだみんな誤解している部分は多くあるけど、理解されれば人が集まってくるのは間違いないと思う。

人が増えればその分トラブルが起きるけど、それは避けては通れない。

……まぁでも、過保護な誰かさんが未然に防ごうとか、変な気を回しそうだけどね。

【涼音はどうしたの？】

「ちょっと散歩。暇だったから」

【一緒に勉強しよう】

私が『暇』という言葉を口にした途端、瑠璃菜はそう書いて見せてきて、人懐っこい目を向けてきた。

期待するような、そんな可愛《かわい》らしい視線……。

これは断れないかなぁ。

本当はひとりで色々と考えたかったけど、こう期待されてしまったら断れない。

もしかして、律もこんな気持ちがあるのかな？

そんなことを考えていると、瑠璃菜はたくさんの問題集を持ってきて【どれがいい？】

と聞いてきた。

「瑠璃菜って……こんなの持ち歩いてるの？」

【休みの日だからたくさん】

「時間があるからってことね。びっくりした……」

流石《さすが》に毎日全部だったら大荷物だよね……。瑠璃菜はやりそうな雰囲気あるから、ちょっと心配したよ。

私は参考書を受け取り、ペラペラとページをめくってゆく。

あることに気が付いて、途中で手が止まった。

……書き込みがこんなにたくさん。

他の参考書も同じようにして見ると、どれもかなり使い古された跡があった。

「ちゃんと寝てる……？」

私の問いに瑠璃菜は目を逸《そ》らして、タブレット画面に【ばっちり】と書いた。

明らかに嘘《うそ》と分かるその対応に、口からはため息が漏れ出る。

それと同時に、自分の情けなさが嫌になった。

……私が負けるのも納得。

律の隣を歩いて、二番手でもいいって。

そこそこの努力になっていた私が抜かれても当然だった。

それが悔しくて、

「瑠璃菜はそうやって努力し続けて辛《つら》くなったりしないの？　報われるとも限らないのに……」

意地悪な質問を瑠璃菜にしてしまった。

だけど、私が聞いたことに嫌な顔を一切見せず、【後悔はしたくない】と書いて見せてくる。

「……上手《うま》くいかなくても？」

【失敗は成功の基】

「……強いね。でも、そもそも失敗することが目に見えていたら？」

【まずはやる】
「やっても無駄で……選択が間違いだったら？」
【違ってもいい。努力は無駄にはならない。自分にしかできない何かがある】
彼女の目からは真剣さが伝わってくるようだった。
そっか。ここが私と瑠璃菜の違いなんだね。
失敗を恐れて、本当にやりたいことを躊躇《ちゅうちょ》して、何もしなかった。
踏み込めなくて、今を壊したくなくて……だから触れずにいた。
けど、瑠璃菜は諦めずに、真《ま》っ直《す》ぐ進み続けようとしている。
「その真っ直ぐさが響いたのかなって思うよ……」
瑠璃菜は不思議そうに首を傾《かし》げる。
律が前よりも踏み込ませるようになったのは、こういう部分に惹《ひ》かれたんだ。
……悔しいし、嫉妬しちゃうな。
【参考書決まった？】
瑠璃菜は、こちらをじっと見つめてくる。
相変わらず無表情だけど、どこか可愛らしい。
「うん。決まったよ。瑠璃菜は決めた？」

瑠璃菜は首を縦に振り、応用発展が多い難しい教材を見せてきて、どことなく得意気な顔をする。それから、【次のテストでは律に勝って褒めてもらう】と書いてタブレットで顔を隠した。

それから、画面をスライドさせて次の文字を表示させる。

【綺麗《きれい》な心で、どんな時も前向きに】

「えっと、誰かの名言？」

【私の中の格言】

「そうなんだ。だから頑張るんだね」

【うん！　何事も諦めずに全力】

胸を張って言う瑠璃菜が私にはすごく眩《まぶ》しい。

そんな彼女のひたむきな気持ちに触発されたのかもしれない。

自分の中で……迷いが吹っ切れた気がした。

……そうだ、言われたじゃん。

律にも『今を全力で』って。

彼女がいる、いない。そんなのは関係ない。

「終わった」とそう口にするときは全てを尽くした後……だよね。

私と律は仲がいいと思ってる。だけど、彼を理解しているとは言えない。

人を理解するなんて傲慢で我儘《わがまま》な考え方だけど。

ちょっとぐらい……我儘でいいよね？

今までは、一線を引く彼の希望に添って深入りはしなかった。

でもそれではダメ。強い意志に、気持ち。

諦めないで真っ直ぐに進む強い気持ち。

——瑠璃菜のように私も強く素直に生きてみたい。

今まで諦めてすべてを捨ててきた私だけど。

ひとつぐらいいいよね、我儘な夢や願望があったって。

『二番でも三番でもいい。自分の身の丈に合ったことだけ、分不相応な望みをもってはいけない』なんて逃げる言い訳は捨てて……目指してみようかな。

——律にとっての特別な一番に。

それで今度はしっかりと返そう。

あの日、彼が私を変えてくれたように、私も彼を変えたい。

何事も諦め
全力!

傲慢で自分本位な考えだけど……隣を歩くんじゃなくて、一歩前を歩いて手を引きたい！

そう心の中で決めた時、血が全身を駆け巡ったように熱くなった気がした。

「……私も負けてられないね」

【努力あるのみ】

「アハハ！　そうだね、頑張ろっか」

私はそう言って、瑠璃菜と一緒に日が暮れるまで勉強をした。

——翌日。

私は、ずっと出せずにいた進路希望調査を先生に提出した。

《医学部志望》〝打倒 鏑木《かぶらぎ》律!!〟と大きく書いて。

「これが、今の私の希望です」と言ったら、流石に先生は困惑していたのは内緒だけど。

エピローグ　特別な一番に

『いつも通り集合で』

俺は画面に映った文字を見て、ふぅと息を吐く。

……なんとか、気持ちがまとまったかな？

少しでも気持ちが前に向いてくれればいいけど。

いつもの待ち合わせ場所にあるベンチへ腰掛け、落ち着かない気持ちを紛らわせようとぼーっと空を見上げた。妙な緊張から、口からは何度もため息が漏れ出ている。

連絡をしてきたということは問題ない……とは思うんだけど。

彼女から聞こえる断片的な声だけでは、分からないことが多すぎる。

心の声を聞くことは、『問題を解くときに常に解答のみを見ている』そんな状態だ。

そこに行きつくまでの思考の過程が見えるわけではない。

解説がない問題集を永遠と解く、俺からしたらそんなイメージだ。

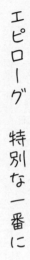

……声がもっと聞こえれば、もう少しできることがあると思うんだけどなぁ。

全然主張してこない霧崎《きりさき》には、どうすればいいんだろう？

果たして、俺が伝えたことは彼女の迷いに少しは役に立っているのか……分からない。

心の声を聞くというズルがあるからアドリブ力が欠落しているよな、ほんと。

その点は嫌になるよ。まったく。

「……雛森《ひなもり》ぐらい分かりやすければ楽なのに」

嘆息し空を見上げると、視界に人影が入ってきた。

「私がどうかしました？（私のことを口に出すなんて、陥落が近いのではないですか⁇）」

「へ？」

予想していなかった登場に驚いて、口から変な声が出てしまった。

「なんだ……雛森かー」

「露骨にがっかりした雰囲気を出すのはどうかと思いますよ？（朝から私に会えたことに感謝すべきだと思うんですよねー）」

俺がごめんと手をひらつかせて謝ると、雛森は不服そうに頬《ほお》を摘《つま》んでくる。

左右に何度か伸ばして、むすっとすると俺の隣に姿勢よく座った。

「涼音《すずね》ちゃん……元気出てるといいですね」

「……気づいてたんだ」

「気づきますよ。そのぐらい（……急に休みますし、元気もなかったですし。鏑木《かぶらぎ》さんと揉《も》め事《ごと》かと思って……心配で来ちゃいました）」

「雛森は友達思いだよな。すげぇよく見てるし」

「べ、別に、今日は生徒会の仕事で朝早く来ただけで、ここに来たのは〝たまたま〟ですからっ」

「なんで急にツンデレ風？」

「違いますよ！　事実を述べただけです！（……喧嘩《けんか》してたら仲裁を……なんてこと、言ったら意味がないですからね。あくまで偶然ってことにしないとです）」

素直に認めるつもりはないらしいが、俺には本心が聞こえている。

……俺と霧崎《きりさき》が揉《も》めたと思ってたのか。

まぁ、霧崎と俺が一緒にいることが多いからそう思っても仕方ない。

普段から演技してる分、雛森はそういった感情の動きに敏感だよな。

「雛森は、なんか悩みってある？」

「漠然としてますね。それから唐突すぎます」

「ははっ。ごめん。ただ参考までに聞きたくて」

雛森は呆《あき》れたように肩をすくめて、はぁとため息をついた。

「悩みがない人なんて、いるわけがないじゃないですか。ないように見えても、それは口に出さないだけですよー」

「だよな……」

俺の場合は口に出されなくても聞こえるから悩みが分かる。

霧崎みたいに、悩みを諦めて主張しないタイプじゃない限りは問題ないんだけど……。

最善策って難しいよな。どうすればよかったのか。

俺が考え込んでいると、雛森が大きなため息をついた。

「鏑木さんは優しいから悩むかもしれないですけど、他人があれこれ考えることではないですよ」

「悩みが分かったら無視するなんて出来ないだろ？」

「気持ちは分かりますけど、悩みが消えても次が生まれて、それが解決してもまた次……。一生、いたちごっこになると思いますねー」

「それでも知り合いだったらどうにかしたいって」

「アホですねー。自分の悩みなんて、最終的には自分がどうするかでしかないですよ」

雛森が言うことは分かる。

悩みがあって解決されても次が生まれ、そして解決しても納得がいくかどうかは自分の心持ち次第だ。

見守る必要があることも頭では理解してるけど……動かずにはいられないんだよなぁ。

「鏑木さんは過保護で心配性なのは分かりますけど。誰にでも優しいヒーローは、ある意味で一番残酷なんですからね？」

「残酷？」

「みんなに優しい博愛主義。つまり、特別がないから不安ばかりなんです。そして、すっごく遠い（まさに鏑木さんですねー）」

「……俺のことを言ってるの隠す気ある？」

「ふふ。よくお気づきで。まぁでも、鏑木さんのそういう一生懸命な一面にみんな惹《ひ》かれるんですけどね」

舌をちょこんと出して挑発するように言ってきた。

俺は照れ臭さを隠したくて、わざと引いたフリをする。

「……告白？　それはちょっと……」

「違いますっ！　勘違い甚だしいですよ!!　みんなの気持ちを代弁しただけですぅ〜」

「ってことは雛森は俺のことが嫌いってことか」

「極端！　もうっ！　さっきのことは訂正しますからね。鏑木さんは『私にだけ冷たいです』に変更ですっ！　私にはもっと優しくするべきです〜〜」

俺の顔を両手で挟み、ぐりんぐりんにこねてくる。

頬を膨らませて、子供みたいにむくれていた。

……雛森も大概お人好《ひとよ》しだよなぁ。

「痛いから放せー」

「嫌です〜」

雛森から解放されようとしていると、こちらに近づいてくる人影を視界の端で捉えた。

「おはよ」

「霧崎」

「涼音ちゃん。おはようございます」

「さくら、こんなところで何してんの？」

「ふっふっふ〜。私は生徒会の用事で朝早くから来ています」

俺から手を離し、何故《なぜ》か得意気な表情で胸を張った。

「それだったら戻らないと駄目じゃないのー？」

「まぁ、そうですけど。毎日、二人で登校していると思ったら、こんなところで密会してたんですねー」

「寂しいなら、さくらも来る？」

「寂しくなんてないですっ!!」

「泣くなよ、雛森。ほら……ティッシュ」

「だから違いますって！」

「「まぁまぁ」」

俺と霧崎がからかうと、雛森は目に涙を溜《た》める。

「もう二人なんて……逢引《あいび》きが見つかって先生に怒られればいいんです〜〜（……良かった。涼音ちゃんは大丈夫そうですね。後は鏑木さんに任せて、仕事に戻りますよ〜）」

雛森はそう言って去ってしまった。

ちょくちょくスマホを見ていたから、恐らく時間が来たのだろう。

けど、俺は彼女の気遣いを聞き逃さなかった。

賑《にぎ》やかな人物が去り、静かな道では木々が擦《こす》れる音だけになる。

風が吹き残った桜の花が舞い上がると、ちょっとした花吹雪になっていた。

二人で並んで座り、その風景を眺める。

少し無言が続いて、「昨日、進路希望とか出しておいた」とようやく喋《しゃべ》り始めた。

「そっか。じゃあ決まったんだな」

「色々ありがとね。話したことで、気持ちがまとまったから」

「少しでも役に立ったならよかったよ」

「まぁでも、律《りつ》のしょうもない嘘《うそ》にちょっと気疲れはしたけどねー」

「それは……悪かったって」

「別にいいよ。ただ、壁を感じるのは嫌だったから言っただけだし。もうあんな嘘やめてよねー？」

「善処します」

「……それ、やらない人の言い方だから。全く」

いつもの霧崎に戻ったようで、俺はそっと胸をなでおろした。

……軽口も問題ないか。

これで彼女の言う『いつも通り』になれば大丈夫だなぁ。

俺はそう思って霧崎を見ると、何故かジト目を向けてきて「……あ、そうだ」と手をポンと叩《たた》いた。

このタイミングで『ひらめいた！』みたいな態度は、嫌な予感しかしないんだけど。

じっと見つめる霧崎を見て、俺の額に汗がにじむのを感じた。

「律ー？」

「……何？」

「今までの嘘。流石《さすが》に悪かったって思ってるんだよね？」

「それはまぁ……」

「でも、今更『嘘でした！』なんて言えないし、無用なトラブルを避けるためにも出来ることなら設定を守りたい……なんて思ってるでしょ？」

「ハハハ……」

口から乾いた笑いが出た。

ぐうの音も出ないほど……全部バレてるな。

「言わないでもらえると助かるんだけど」

「うーん。そうね。瑠璃菜《るりな》も言うつもりはないようだから、私も言う気はないんだけど」

「ありがとう、助かるわ……」

「言わない代わりに、ちょっとだけ我儘《わがまま》言ってもいい？」

「我儘って……？」

「瑠璃菜みたいに私も名前で呼んでよ」

霧崎はそう言って、逃がさないようにしているのか俺の手を握ってきた。

「名前？」

「そうそう。涼音って」

「いや……今から急に名前呼びだと恥ずかしくないか？」

「え〜それぐらいで恥ずかしいの？　いつも堂々としている律なのに⁇　まさか〜」

口に手を当て、ぷぷっとわざとらしく笑っている。

めっちゃ煽《あお》ってきてるなぁ……。

「いいから呼んでみてよ。Please repeat after me〝涼音〟。さぁーはいっ」

「無駄に発音が綺麗《きれい》だな、おい」

頭を掻《か》き、彼女から目を逸《そ》らす。

だけどずっと視線は感じていて、俺が横目でそれを確認するとばっちり目が合ってしまった。

じーっと見つめてきて、名前を呼ぶことを期待しているようだ。それと同時に引く気がない様子が伝わってくる。

「……涼音。これでいい？」

「うーん？　よく聞こえませんけどー」

「わざとらしく煽ってくるなぁ……仕方ない。涼音っ！」

「うんうん。よかろうよかろう」

「なんだよ、その言い方。からかうの好きだな、本当に」

俺がため息をつくのを見て、涼音は何やら愉快げに「ふふん」と鼻を鳴らした。

「えーっと、霧じゃなくて……す、涼音」

「あははっ！　なになに？　まさか照れてんの⁇」

「そんなわけないだろ。ただ、言い慣れてないから噛《か》んだだけだ」

「ふーん。そっかそっか」

表情を窺《うかが》うようにして、首を傾《かし》げる。

次第にニヤリと意地の悪い笑みを浮かべ始め、俺の胸に手を当ててきた。

「……何してんの？」

「なんだドキドキしてるじゃん」

「……心音を直接聞かれれば、誰だって同じ反応だ」

「嘘をつくなら、もう少し上手《うま》くならないとねー。顔も赤いし、何も隠せてない。なんだったら鏡でも貸してあげよっか？」

「うるせー。言い慣れてないんだから仕方ないだろ……」

苦笑いをする俺を涼音は嬉《うれ》しそうに見ている。

新しい玩具《おもちゃ》を見つけたような……そんなキラキラとした視線。

だけど、元気が出てそうで良かったよ。

「律。私はちゃんと決めたよ。今後のこと」

「ちゃんと提出出来てよかったよ」

「うん。未知数で何も見えてはないけど一歩踏み出していこうかなーって」

空を見上げ、高い目標を口にするように涼音は言う。

その表情に悲愴感《ひそうかん》はなく、頑張ろうとする前向きな気持ちが伝わって来るようだった。

「迷わずに、今度こそ逃げないで進んでみる。だから律は……そんな私を見てね」

「応援してるよ。もしくじけそうだったら、背中を押してやる」

「ありがと。頼もしいね」

涼音は腰を上げ、うーんと背を伸ばした。

「ここからが勝負かな～」

「勝負？」

「そ。真剣な勝負」

勝負という言葉を口にした彼女からは、試合前のスポーツ選手にも似た、強い決意とひたむきさが漂ってくるように感じた。

落ち着いているように見えるけど、何かを秘めている。

そう予感させるような目をしていた。

俺が不思議そうに眉を寄せると、

「今度は一位を目指すから。後ろでも、並ぶでもない……ひとつしかない特別な一番の席を」

指で頬《ほお》をつんと突《つつ》かれ、涼音は唐突に言ってきた。

俺が「一番？」と首を傾《かし》げて聞き返すと、魅力的な笑みを浮かべ微笑《ほほえ》みかけてくる。

文字通りなら、学業での一番だけど、彼女の言葉には含みがあるようだった。

だが——その真意が俺には分からない。

でも、確かに本心で言っていることなんだろう。

いつもは聞こえない彼女の心の声が『一位を目指す』と、言っているから……。

『二位で十分』

そう言っていた時の彼女を知っているからこそ、その宣言には思わず笑みが零《こぼ》れた。

「ねぇ。何笑ってるのー？」

「いや、なんだか嬉しくて。人の変化を間近に感じるのって、なんかいいだろ？」

「まぁね。でも、それは他人事《ひとごと》じゃないよ？」

「そうなのか？」

「律に負けないから覚悟しといてね」

涼音は俺の胸に人差し指を当て、挑戦的な目を向けてくる。

（律が私にしてくれたように、今度は私があんたの心のスキ間を埋めてみせるから）

ハッキリとした心の主張は、俺の動悸《どうき》を激しくさせるものだった。

あとがき

　ここまでお読みいただきありがとうございます。紫《し》ユウです。

最近の流行は二刀流とのことで、私も執筆と仕事の二刀流を……いえ、デスマーチをこなしてなんとか出すことができました。

一文字も本文を書いていない状況から、よく頑張ったと自分を褒めてあげたいです。

（注意：ご褒美はいりません。フリではないですよー!!）

さて前置きはこのぐらいにしまして、今回の話はいかがでしたでしょうか。

季節は春、春と言えば大きな変化が生まれる時期でもあります。

なので、今回のテーマは【変化】でした。

前半は、友達となったことによる来栖《くるす》と鏑木《かぶらぎ》の関係性の変化。そして、後半は霧崎《きりさき》の葛藤と決意という気持ちの変化といったところでしょうか。

　一巻のあとがきでお話ししたように元のタイトルが『喋《しゃべ》らない彼女と心の声が聞こえる俺』でした。現タイトルでは「来栖さん」となっていますが、「喋らない彼女」というのは来栖だけを指しているわけではないんですよね。

「喋らない」に込めた意味は、声だけではなく気持ちを喋らない。

つまりは見せない。という意味でも考えています。

各登場人物が抱えるモノが少しずつ出てきて、今回は霧崎みたいに願望を喋らないみたいな意味ですね。その考えを基にした現タイトル『喋らない来栖さん、心の中はスキでいっぱい』に込められた意味も同じような感じです。

一巻の「スキ」と二巻の「スキ」はまた別の意味。

……伝わりにくいかもしれませんが……。

今回は霧崎さんの【隙間】、そして主人公の鏑木君の【隙間】が少しでもお伝えできれば、私としては良かったかなと思います。

霧崎の心の声が上手く聞こえていないのは、彼女が心の中で叫ぶことなく主張しない、切り捨ててしまうからですね。ただ、まったく心の声がないわけではなくて、彼女にピタリとくっついて集中すればひそひそ話みたいに聞こえるかと思います。

逆に企《たくら》みまくっている雛森《ひなもり》は、主張が強いですから鏑木にはよく届いていますね（笑）。

ということで、鏑木の『心の声が聞こえる』というのは感情の揺れ動きに敏感と思ってもらえると分かりやすいかなと思います。

今後も来栖さんの過去や、鏑木君の過去は少しずつ掘り下げていく予定です。二人の過去話は、一番最初に書いた話なので、いずれはお見せしたいところ！

ただ、雛森さんメインの話が終わって以降になるかなと思います。

なので、続きを書ける機会があればなと思いますが……これればかりはなんとも。

さて前述のとおり、次に続きを書くとしたら雛森を中心とした話を展開したいなぁと思っています。彼女の深掘り、そして来栖を含めたほかキャラとの絡みも書けたらなーと朧《おぼろ》気《げ》ながら考えています。

三巻は感情の投下と色々な思いが錯綜《さくそう》するかと……まぁまだ一ミリも書いてはいませんが、骨組みはある感じですね～。

最後にただのゆきこ先生。また素敵なイラストを描いていただきありがとうございます。本当に絵を見させていただく度にニマニマしております。

編集のKさん、また色々とありがとうございました!!!

それでは、あとがきはここまでにさせていただきまして……三巻を出すことがあれば、仕事とのデスマーチを頑張ろうと思います!!!

何事も楽しく。この忙しい日々も楽しんで過ごそうと自分に言い聞かせ……。

それでは皆さま、また会えると信じて……ばいっ!

紫ユウ

読者アンケート実施中!!

ご回答いただいた方の中から抽選で毎月10名様に
「Amazonギフトコード1000円券」をプレゼント!!

URLもしくは二次元コードへアクセスし
パスワードを入力してご回答ください。

https://kdq.jp/sneaker

[パスワード:s3x86]

●注意事項
※当選者の発表は賞品の発送をもって代えさせていただきます。
※アンケートにご回答いただける期間は、対象商品の初版(第1刷)発行日より1年間です。
※アンケートプレゼントは、都合により予告なく中止または内容が変更されることがあります。
※一部対応していない機種があります。
※本アンケートに関連して発生する通信費はお客様のご負担になります。

スニーカー文庫の最新情報はコチラ!

新刊 / コミカライズ / アニメ化 / キャンペーン

公式Twitter

[@kadokawa sneaker]

公式LINE

[@kadokawa sneaker]

友達登録で
特製LINEスタンプ風
画像をプレゼント!

喋《しゃべ》らない来栖《くるす》さん、心《こころ》の中《なか》はスキでいっぱい。2

著　紫《し》ユウ

角川スニーカー文庫　23391

2022年11月1日　初版発行

発行者　山下直久

発　行　株式会社KADOKAWA
〒102-8177 東京都千代田区富士見2-13-3
電話　0570-002-301（ナビダイヤル）

印刷所　株式会社暁印刷
製本所　本間製本株式会社

Printed in Japan　ISBN 978-4-04-112575-5　C0193

★ご意見、ご感想をお送りください★
〒102-8177 東京都千代田区富士見 2-13-3
株式会社KADOKAWA　角川スニーカー文庫編集部気付
「紫ユウ」先生
「ただのゆきこ」先生

角川文庫発刊に際して

角川源義

第二次世界大戦の敗北は、軍事力の敗北であった以上に、私たちの若い文化力の敗退であった。私たちの文化が戦争に対して如何に無力であり、単なるあだ花に過ぎなかったかを、私たちは身を以て体験し痛感した。西洋近代文化の摂取にとって、明治以後八十年の歳月は決して短かすぎたとは言えない。にもかかわらず、近代文化の伝統を確立し、自由な批判と柔軟な良識に富む文化層として自らを形成することに私たちは失敗して来た。そしてこれは、各層への文化の普及滲透を任務とする出版人の責任でもあった。

一九四五年以来、私たちは再び振出しに戻り、第一歩から踏み出すことを余儀なくされた。これは大きな不幸ではあるが、反面、これまでの混沌・未熟・歪曲の中にあった我が国の文化に秩序と確たる基礎を齎らすためには絶好の機会でもある。角川書店は、このような祖国の文化的危機にあたり、微力をも顧みず再建の礎石たるべき抱負と決意とをもって出発したが、ここに創立以来の念願を果すべく角川文庫を発刊する。これまで刊行されたあらゆる全集叢書文庫類の長所と短所とを検討し、古今東西の不朽の典籍を、良心的編集のもとに、廉価に、そして書架にふさわしい美本として、多くのひとびとに提供しようとする。しかし私たちは徒らに百科全書的な知識のジレッタントを作ることを目的とせず、あくまで祖国の文化に秩序と再建への道を示し、この文庫を角川書店の栄ある事業として、今後永久に継続発展せしめ、学芸と教養との殿堂として大成せんことを期したい。多くの読書子の愛情ある忠言と支持とによって、この希望と抱負とを完遂せしめられんことを願う。

一九四九年五月三日